北岳诗库

孔令剑
— 主编 —

摩 羯 鱼

YAN HAIYU
WORKS

闫海育——————————— 著

山西出版传媒集团 北岳文艺出版社
BEIYUE LITERATURE & ART PUBLISHING HOUSE

· 太原 ·

图书在版编目（CIP）数据

摩羯鱼 / 闫海育著 . —太原：北岳文艺出版社 , 2018.10
（北岳诗库 / 孔令剑主编）
ISBN 978-7-5378-5691-1

Ⅰ．①摩… Ⅱ．①闫… Ⅲ．①诗集－中国－当代
Ⅳ．① I227

中国版本图书馆 CIP 数据核字 (2018) 第 220343 号

书　　名：摩羯鱼
著　　者：闫海育
策　　划：续小强
责任编辑：高海霞
特约编辑：李　飞
书籍设计：张永文
印装监制：巩　璠

出版发行：山西出版传媒集团·北岳文艺出版社
地　　址：山西省太原市并州南路 57 号
邮　　编：030012
电　　话：0351-5628696（发行部）
　　　　　0351-5628688（总编室）
传　　真：0351-5628680
网　　址：http://www.bywy.com
E－mail：bywycbs @ 163.com
经 销 商：新华书店
印刷装订：山西万佳印业有限公司

开　　本：890mm×1240mm　　1/32
字　　数：150 千字
印　　张：7
版　　次：2018 年 10 月第 1 版
印　　次：2021 年 1 月山西第 2 次印刷
书　　号：ISBN 978-7-5378-5691-1
定　　价：39.00 元

策划人语

　　"诗歌出版"是北岳文艺出版社的重要传统。前有"黑皮诗丛",后有"天星诗库",皆为中国当代诗歌杰出诗人之重要出发地。更有"外国名诗珍藏",如今依然为广大诗歌爱好者所珍赏。

　　"北岳诗库"赓续如此光荣传统,其目光聚焦山西诗歌这一繁盛沃土,其旨在于不间断展示山西诗歌创作实绩,更瞩望为山西诗人造一清静小园。

　　"北岳诗库",是我们探求共建共享出版模式的开端。大风吹宇宙,红日照高山。祈愿"北岳诗库",如恒山一般,巍然耸立。

续小强

2018 年 2 月 2 日

时间是架庞大的绞肉机

——点评海育诗《请把时光叫作悟空》

（代 序）

◎金汝平

早晨醒来看见海育的几首诗，新作，不禁叫好。一个不断有诗作的诗人，既能给读者尤其是熟悉他作品的读者带来欢喜与惊奇，也极有可能带来巨大失望或者冷漠得无动于衷。因为所谓"新作"不过是"旧作"，甚至是对旧作更为虚弱的、平庸的、乏味的、空洞的模仿。在这个意义上，真正的"新作"、名副其实的"新作"，对于成熟的诗人，是收获，是福气，是神的恩赐！他肯定手舞足蹈，对自己充满自信，我们也会朝他未来的写作投去深情关注的眼光。

江湖传言："老怀旧的人是废人，不怀旧的人是坏人。"相对来说，诗人里面坏蛋少，因为诗乃神奇之物，将把迷恋于它的人们的思想境界步步提升。海育的善良与纯朴，是藏也藏不住的，常常以笑的形式展示在他的脸上。到了我们这把年老色衰的年龄，到了这个生命中里尔克称之的"严重的时刻"，怀旧是必然的，怀旧进入书写更是必然。《请把时光叫作悟空》是一首抒写怀旧之情的短诗，这类题材常常沦为陈词滥调，其雷同化、模式化、单一化让我们高傲地扭过头去。不看，因为看了后悔，看了伤感，看了难以忍受。一首坏诗是对人的打击，一首好诗则是对人激荡着无限快感的抚摸。海育这首诗貌似随意其实匠心独具，甚至用"精巧"一词来说也没有什么不妥。当然我是在褒义的层次上运用这个词的。一开始诗人就置身于时间以及对时间这个深不见底的黑洞的"疑问"之中。拥有，丧失，丧失带来心灵的迷茫、痛惜、无奈、寂寞，都贯穿在"是否"一词中。实际上，诗人表象上用的是疑问句，但肯定的残酷性与现实性已决绝地包容其中。此时，疑问句只是诗人组织全诗结构的一种技巧、一种手法、一种形式。然后在第二节诗里加以继续。如果一个疑问显得仓促、短暂，汹涌而来的众多疑问将极端地加强这疑问的力量，如一片浪花接着一片浪花，滚滚巨石接着滚滚巨石。有些好诗，基本建立在一个比喻或一种排比之上。美国惠特曼就是热爱排比的大师，有《草叶集》为证。希腊埃利蒂斯的杰作《理所当然》最后一章，也把排比运用得无比磅礴，无比辽阔，无比辉煌。

　　海育从气质上来说，是一个相对内敛而深沉的诗人。无论在生活中、诗中都很少剑拔弩张、狂态毕露或是大风起兮云飞扬般地张狂。因此，在这首诗里他对疑问的控制显得相当理性、适中。只补充了一下，扩展一下，就点到为止了。而这是和诗的整体情思紧密相关的，怀旧本来就是一种幽暗起伏、悄然流动、断裂而渺茫、蔓延又轻飘的精神活动。形式与思维的和谐统一，造就了这首短诗的简练、从容，又意味深长。接着，峰回路转，突兀而来的诗句让我觉得惊心动魄——

　　我扣动扳机的手指
　　却因大量饮酒，开始颤抖

　　这是击中心灵的句子！是让我们的眼睛像看见美女那样闪亮的句子。我相信，它可遇不可求，这是无中生有的神来之笔。

　　诗的难以言诉的魅力在于，它迫使我们跟它走，跟它唱，跟它飘，但究竟飘向哪里，我们不知道而诗知道，最后诗又告诉我们这美丽的秘密。读到这里，"怀旧者"的主体才在我们面前得以呈现：一个猎人！海育诗中除了直接的"自我抒情"之外，常常借"他者"之嘴，倾吐自我内部更隐晦更赤诚的声音。如此处理引发出独特而有效的审美后果：首先回避了抒情本身的浅露、泛滥，同时又以曲折的艺术途径，抵达了更为高拔更为深邃的精神境界。在诗的表现手段上，曲与直难分高下，运用之妙存乎一心。如此而已！在这首以"猎手"作为抒情主人公的诗中，"猎手"无疑更能激发读者的想象空间，并引他们沉溺于对自我的崭新塑造中。我就是猎人，猎人就是我，自我与他者的相遇，才使人性的丰富与多样化成为可能，单向的维度被击破，被修正，人，超越者的伟岸形象诞生！于是，怀旧的情思从空泛走向坚实，抽象返回具体——"曾经盘桓的山头，是否白雪如初"，岁月无情，天高地迥，但猎手勇敢地生存过、抗争过、搏击过，虽然扣动扳机的手指，因大量饮酒而颤抖，那又有什么呢？

英雄暮年绝非止于无边寂寞、悲凉和对死的惊惧，他在激荡的回忆中仍强劲地生活着，缅怀着，思想着，哪怕最终的归宿是"只有毛笔尚可提起"！

由猎手而酒徒，由酒徒而走向艺术的安慰，走向修身养性，如果人逃避不出这悲剧性与喜剧性混杂合一的宿命，怀旧就是必然的。

而好诗，多在这意味深长的回忆中诞生！"请把时光叫作悟空吧，一个筋斗云，我就离开十万八千里。"是的，只能如此，唯有如此。时间这架庞大的绞肉机，粉碎的不仅仅是人的肉体。谁能阻止它昼夜不停地转动？伴随着各种各样的呻吟、诅咒、哭泣和狂笑声。在所有人的所有记忆里，我们都是打不败时间的有限的人！

目　录

辑四　工厂简史

辑一　许久未见满天繁星

夜读《水浒》被鸡年招安

攻城呀，拔寨呀
头顶檑木滚石
将小命悬于一架云梯
唯有冲锋，唯有陷阵
迎着冷箭，也迎着被热血
涂红的战刀，即使
翻越城墙，依然逃脱不了厮杀
赢得这一场，输给下一场
与武艺无关，与计谋无关
没有人可以一往无前毫发无损稳操胜券
天罡尽数投山寨，地煞空群聚水泊
只应了一尊夜埋三尺的石碣
不能说宿命，子鼠丑牛寅虎卯兔
辰龙巳蛇午马未羊，申猴酉鸡戌狗亥猪
轮流当值，速速会集大小头领喽啰马匹
暂歇了风霜剑戟，舟车劳顿
雄鸡一唱天下白，我们权且受鸡招安
疗好伤病，养足精神，来年再战

大年夜，与一条蛇对峙

无法放松，我只觉得危机四伏

蛇的袭击将来自哪个方向

这是一个从小就令我头皮发麻的问题

人过不惑，我依然只掌握了蛇打七寸的空谈理论

甚至无法从风吹草低来判断它的藏身

更谈不上什么，不入虎穴，焉得虎子

唯一的可能就是和它比身手的矫捷

再或者两个剑客交手，同时将剑尖刺向

对方的喉咙，剑的长度相等，手臂略长者获胜

而这些恰恰都是我的短处

常常被它从梦中惊醒，一头冷汗

若时辰尚早，我又沉沉睡去

请把时光叫作悟空

相对于十二年回流一次的河水
我们的池塘，是否还游动着过去的金鱼

曾经盘桓的山头
是否白雪若初
我扣动扳机的手指
却因大量饮酒，开始颤抖

只有毛笔尚可提起

请把时光叫作悟空吧
一个筋斗云，我就离开十万八千里

圆明园初雪

死去元知万事空，一场小雪
平添了遗址的白发，不要指望
死灰复燃，春风又绿，父仇子报
不要让怀里揣着火，在烈焰炙烤下
一生汗流浃背，英勇赴死

1860 年，尘埃落定，连同这座
石头的墓园，西洋楼的坟场
不必担心，你会踩住皇帝的叹息
盗贼的火把，大臣们，主战的
已经战殇，主和的也都各安天命

隔过马路，藏着一片荷塘
时值初冬，荷已凋零，而荷不死
植物命软，不若石头坚硬
一岁一枯，一枯一岁，全仰仗
水样情怀，柔软的轮回

青木川

只一樽青梅，就扰乱了山川的秩序

可以东倒西歪，可以胡言乱语

天籁之下，明月高悬，河流静默

各不相干的人群胸怀各不相干的理想

此为汉中边陲，长安的边陲

贫民窟出身的魏辅唐，何以有

辅佐一千余年前唐朝的想法

然逢乱世，辅唐只能偏远成辅堂

以匪制匪，枭雄也罢，草莽也罢

治一方乡间乐土，图一个心安理得

山高皇帝远，种罂粟而不食罂粟

开妓院而不入妓院，办学是最迫切的愿望

辅仁中学，比起辅堂，何止一字之差

就像可惜了的风雨廊桥

远比现在的飞凤桥更加优雅

虽然许多人还惦念他的好，称他魏老爷

但恶霸就是恶霸，被镇压就是被镇压

镇压错了可以平反，穿透脑壳的子弹

却无法回到枪膛，无法让伏地的人重新站立起来

给他松了绑，倒退着走回自己家中
心想，如果电视剧的结局真能成为历史归宿
我情愿让青木川即刻改名，叫风雷镇

烟雨麦积山记

昨夜密雨，至现未歇

阶梯湿滑，恐不能登

这是晨起宾馆大堂善意的告诫

山果然被裹着，一堆不明真相的麦垛

新郎酒醒何处？盖头谁人来揭？

心有念，云开始飘移

崖壁长出骨骼，层叠，飞龙绕体

佛就站在对面的垛腰微笑

我们也笑，与佛相映成趣

气象若入仙境，道中应有高人

巡视周遭，皆像，又皆不像

高处景美，却也心惊

龛窟半开，是无等等

唐晋说：诸佛菩萨

如在云端，如在彼岸

我悟，云端浩渺，可以观照大千

彼岸非此岸，不见得都能耳鬓厮磨

想起麦积山

想起麦积山

夜雨浸湿了麦垛

他们都是居住在麦穗里的麦粒

跌坐的理当跌坐

肃立的情愿肃立

每个屋檐下都秩序井然

他们都在绝壁

都有悲欢，都把微笑

用錾刀雕进了石头

他们是一种粮食，已不生活在麦地

世事陡峭，再不因阴雨而霉变

许久未见满天繁星

星星们是住在天上的布衣
绿林的豪杰，不沾染城市习气
遇山抚琴，择水流觞
借光亮而成萤火，此是新年
钟声揭竿而起，有人从暗夜出发
为了穿透暗夜，我只想枕着
满天碎银，无忧睡眠，无虑醒来
生命已逾半程，拒绝唠叨烦琐
勿将梦中美好说给旁人
不是不可道，是不足道

阳光抚过一朵花的头顶

花有些含羞
我能看见阳光的手
快意地抚摸，顺口说了句
果真是给点阳光就灿烂

花竟然抖了一下，没有风
我想是我自己抖了一下
此刻，我正行走在一段废弃的铁道
阳光的手同样抚摸过我的头顶

摩羯鱼

——兼致雪野

这条鱼，怎么就从你的脖子
游到了我的脖子上，我已经
想不起细节，但鱼游过的水
肯定不是水，是酒
注入玻璃器皿之前，是你
拎来的，我还记得，酒是
你的手艺炮制的，初饮略甜
人多，量欠，临时勾兑了两瓶汾阳王
这个过程，包括推杯换盏，我也记得
应该我说过我是摩羯的星座
实在口无遮拦，还用迷离的眼神
抚摸过这枚玉的光泽，否则
鱼怎么就选择停泊在我的胸口
归来，翻江倒海，想必
你是酒王，能伏得住诗
我尚是酒徒，还伏不住美

春 晓

来到一处民国时的站台
火车已经开走了
不知道，还会不会开来
铁道左侧树林里桃花涌动

站台上的旅客寥若晨星
有人轻踱方步，不时闪亮怀表
有人点燃烟卷，渐行渐远
我一概看不清他们的脸

只有一个人紧盯着我
眼神像在看一面镜子
长衫，眼镜，头发蓬乱
脚边放置一枚老式的皮箱

我显得局促，轻声说
我不是来接站，只想随意走走
然后开始怀疑，这就是
与你失散那个春天的黎明

体　验

黑云低沉，高傲的风车已经偃旗息鼓
任凭各种方式的冲撞，拍打，摇晃，都无济于事

环顾四周，孑然一身
那些花呀，草呀，羊群呀，消失得无影无踪
苍莽高原，我的心跳也即将衰竭
这里并非人迹罕至
以前来过的，以后要来的
却和我不在同一时刻

讨论斑马

突然谈论起斑马的套装
到底白色是底色，黑色是条纹
还是黑色是底色，白色是条纹
这个问题看似很艺术
而且夹杂着非洲草原的气息
主要因为，暴雨初歇，酷热疾至
喝完这杯冰啤，我们是否
考虑如何从下水道走出去
路经一座古墓，墓里有一盏神灯
不要停下脚步，更不能起了贪念

苹　果

悬挂枝头风姿绰约的苹果

果农亲手采摘并轻轻吻过的苹果

装进卡车，颠沛流离的苹果

纸箱或塑料膜压迫得几近窒息的苹果

躺在超市货架闭目养神的苹果

从街边水果摊滚落至马路中间孤独的苹果

被我领回家中的苹果

清水淋湿，肌肤闪亮的苹果

伶牙俐齿的苹果，玉体横陈的苹果

秋风明月，皓首穷经

她们都是我今生念念不忘的好苹果

长指甲

可以咬牙切齿，将你锐利的指甲
掐进我的肉体，直至鲜血淋淋
但不要眉毛不是眉毛，眼睛不是眼睛
恶狠狠地说，我，掐，死，你
第三个字，一命抵一命

如果我因罪孽深重坠入地狱
你用美丽迷惑法官而升向天堂
只恐我仍在地狱纵酒，纵情，纵乐
天堂里，谁又用胡茬轻扎你的嫩臂
我只念及，旧日里，好一把弯刀

5月9日，五台山，雪

佛说，慈悲
让一场雪
还原了母亲的白发

这是母亲节前最后一次彩妆
遍寻不见我的母亲

雪融成水，渗进泥土
被一条蚯蚓
温润地粘贴在母亲脸庞

我见过天上最多的星星

我见过天上最多的星星

是回野鹿村

将母亲的灵柩从寄存窑洞

请入祖坟的头一天晚上

披着星光去看护母亲的新宅

出了村口，踏上一道大坡

天上的星星越来越多

越来越近

越来越明亮

我知道，这是母亲

不愿带入地下

足够我享用一生的库藏

想起母亲是一件多么悲伤的事

在母亲节，必须想起母亲

对于我是一件多么悲伤的事情

天气突然暴热，正好周末，我就缩在家里

回忆不久前的一场大雪，期冀冰雪

冷藏了思念，来回游走，路过母亲

母亲缩在一张照片里，我竭力回避母亲的目光

再大的空间，母亲已无福享受

再生动的情节，母亲也无法感到骄傲

下葬的时候，我曾在母亲枕边

放置一枚手机，却忘记给她设置号码

从此就断了音讯啊，每次在梦里

母亲都不说话，只是微笑

好想让母亲狠狠责怨她的儿子

什么时候才能把心变得仔细

母亲只是微笑，从不说话，或许她说了

粗心的我，却一直，没有听见

自言自语

在山中
找一间石屋
我把语言留在那里
肉身离去
秘密的宝盒
不是所有路过的
都能打开
风，是一管竹笛
雨，是一截丝线
我在屋东种一棵桃树
屋西也种一棵桃树
只能有一棵长大
另一棵枯萎
花朵盛开的某个春天
牧羊人会来这里住上一宿
他偷听了些什么
被羊记在羊皮卷上
然后石屋，随一次山崩
倒塌，满屋子声音
盖住了一场突如其来的雪

再次相见，我们都已老态龙钟

把激情存进冰箱
保鲜，但时光太过疾速
如果能像冰面下流淌的清流
细密，潺湲，缓缓，轻声
也会在春天里惊醒阳光
不被月亮糟蹋得一塌糊涂
只好期待，再次相见
那时，我们都已老态龙钟
呵呵，日落西山红霞飞
相对于生命，老态龙钟
是一个多么慈祥
健康而充满诱惑的词汇

当一场暴雨倾盆

当一场暴雨倾盆，泥石顺流而注
道路失却方向，我该如何去寻找你
颤抖的时光，轰鸣的雷声里或许
能听到你的悲戚，划破长空的闪电
请为我勾勒一张行军的地图
我将在一场洪水中浮沉
假设你手中的饵，起起落落
我将在更浓的夜色下前行
藤蔓、蛇蝎和猎枪都羁不住步伐
我已经走出很远，明亮的星，仍如原初
悬挂在百米开外轻仰可见杨树的枝头

短暂失忆后的拼图游戏

让无垠旷野上一只丢失在夜幕中的羊
不知疲倦，邂逅另一只在旷野上丢失的羊
草原上的草都是相似的，星光是相似的
毡房也是相似的，喝醉了酒的牧羊人
用沉闷的呼噜将羊群四处驱散
需要寻找一棵路经的小树，掏出小刀，刻下路标
寻找一片湖面上行走着白云的淡蓝色的湖泊
寻找湖边歇息时坐过的石头，以及
藏匿在石头底下，只能向湖水诉说的秘密

等待一场暴风雪

一场暴风雪
是可以等来的吗？
（昨晚天气预报说的明天即是今天）

一大早起来
我就迫不及待地
从阳台的窗户往外望
（地面润湿，却没有发白的迹象）

今年冬天，雪来得很早
雪在这个城市已非稀有之物
（为什么我还要等待？）

我不是在等待一场风雪
而是等待风雪
以暴力的方式入侵生活
（一定是这个暴字，纷乱了我的心情）

我等待的会是一只豹子吗？
纹饰斑斓，身姿轻盈

在雪原上孤寂地奔跑
（我已经听到它的心跳）

曾因酒醉鞭名马
生怕情多累美人
（这是郁达夫的诗句）

我肯定也想到了暴恐
暴殄天物，都是一闪而过
更想枕在豹子的臂弯里
梦中飘起小雪，我们奔走相告
（值得庆幸，我还没有
沦为一个有暴力倾向的人）

这一个貌似平安的夜

今夜，我不饮酒

不去慢摇吧

不去教堂

不寻欢，不作乐

不拈花惹草

不焚香，不炼丹

不读书，不习字

不揪心谍战片的剧情

不去网上购物

不制造花边新闻

不听口令，赤脚在客厅

打一套太极，身体微微发汗

然后轻闭双眼，让一个词

在冰天雪地像子弹飞

随风潜入夜，仗剑行千里

不恐惧狂风大作

飞沙走石，怪兽出没

我只耽搁于时间的咒语

被一座海市蜃楼

劫持得心服口服

与唐晋油画同题

走过屋顶的长尾巴

猫，迈开脚步，不踩烂屋顶的每一片瓦
不踩坏瓦的纹理，瓦上没有霜
其实屋顶没有瓦，只有一些长尾巴
猫摇着自己的尾巴，走过每一条长尾巴
女神站在屋顶最高处，再轻微的举动
也逃不脱女神的眼睛，女神的身体
泛着热汗，短袖裸露的手臂已经晒得黝黑
手指僵直，风不听使唤
她暗暗咒骂，这些家伙
却放不下女神的矜持，又暗暗在想
做神，到底有什么好？自己的尾巴被
别人踩着，倒不如一只猫，活得爽快

每把椅子都有一个好去处

梦幻在夜色的掩护下奔跑
一把椅子在黑夜里行进
在白昼停歇下脚步，椅子是植物性的
椅子的腿，伸出无数根须

每一条根须都是一匹小兽

善良或者邪恶，光亮或者阴暗

也有时候含混不清，稀里糊涂

我们端坐在太师椅上

扶手脱去半边，月光流泻椅背

蓝色无垠，今夜，无法操控

每把椅子都有一个好去处

每个好去处都只把握住一种可能

一幅斗方的若干种念法

在乡下，一间著名的老作坊
门板上已经褪色的过年时
贴的一幅斗方，吸引了我们
人酒和美，这是顺时针的念法
同样的意思还可以读作
酒人和美，人酒美和，酒人美和
都能体现宇宙万物之人与酒
和谐共处的关系，不可悖逆
正规的念法是人和酒美
或者酒美人和，比起政通人和
更接地气，有了具体所指
人与酒由此变成一种因果关系
喝酒全仰仗心情，约酒本初
皆自美好，如果骤发乌七八糟
的吵闹，争斗，甚或血拼
杯中酒就化为泥污，脏了肺腑
最喜乐和人美酒，和是唱和
对酒当歌人生几何，曲水流觞而有兰亭
也能通俗翻译为与朋友一起喝着美酒
是一件多么愉悦的事，更愉悦还能读作

美人和酒，可以兼得，和美人酒

喝酒时有美人陪伴，君子亦贪杯

人美酒和，一个女人改变一场酒局

这里我权且把人狭义地理解为女人

美酒和人，酒不醉人人自醉，说的是自己

人和美酒，内心充满无限孤独

酒和美人，重点是说美人

情人眼里出西施，西施之美出酒池

方能达到美酒与美人完美组合

但喝要有度，酒桌上讲究怜香惜玉

人之初，皆有欲，酒至美，和为上

酒肉穿肠过，江河万古流

右玉的雪是用羊毛纺成的

赶路，赶至夜色浸染山川
一场雪倏然击碎了车灯前的宁静
阔绰的舞台
草木哑声
世俗皆已隐去
谁不小心触碰了晚会的按钮
音乐升起，凭借风势
舞者们将飞天的腰肢甩得更加猛烈

这时我们正途经左云，赶往右玉
主人等得心焦了
烛花剪短一截又一截
急令羊群，摸黑出城
这一场白花花银子般的雪
一定是用羊毛纺织而成
面朝杀虎口，背负寒霜
我只祈求做一尊雪地里枯坐的神

写生的老马

雪花的白还没来得及
笼盖住枯草的黄
草自青涩萌动，时光流转
眼前黝黑的老马鬃毛稀疏
纵使马年，也难再见
图画里呼呼生风的威猛
蹄下已经没有远方
散步尚可，过度奔跑
恐会引发心脏的病痛

不得不服老，老马识途
算是祖传铭心刻骨的本事
老骥伏枥却有些勉为其难
天气越发冷了，寒流吸入肺腑
鼻息凝结成霜，山川亲切
土地和蔼，我且发挥余热
在杀虎堡前低下曾经
高贵的头颅，做一回模特营生

主人买酒去了，他会因我
今天老有所为而酩酊不归

头伏在桌上的男人

——观卡夫卡同题画

头伏在桌上的男人

被一把镰刀在午间收割

梦的面积约等于桌子的面积

可以有一只猫，蜷缩在椅子上

成为平衡人体三角的秤砣

或者是被一壶老酒

轻松俘获，最恐怖的是

一个被伪饰过的凶杀案现场

一只黑手，持一把黑枪

黑色的子弹

穿透了黑色的脑壳

脑壳没有滴下血渍

弹壳已经消失于画面之外

用纸包住火

用纸包住火，火包住夏天

夏天包住一团云

云包住一场雨

雨包住了天空的响雷

响雷包住闪电

闪电太锐利，只能让它

包住一把锈蚀的宝剑，宝剑

包住剑鞘，剑鞘包住工艺

工艺包住匠人，匠人

包住手，手包住一把手枪

手枪包住一辆运钞车

运钞车最直接的功用就是包住钞票

钞票包住劳动

劳动包住血汗

血汗包住劳资矛盾

劳资矛盾包住职场欺诈

欺诈包住道德，道德包住社会

社会包住主义，主义包住宣言

宣言包住一张嘴

嘴包住哭，哭包住孩子，孩子包住奶

奶包住奶牛，奶牛包住草
草包住辽阔的青青草地
草地包住地皮，地皮包住地主
地主包住长工，长工包住丫鬟
丫鬟包住贵妃，贵妃包住皇帝
皇帝包住太子，太子包住狸猫
狸猫包住好汉，好汉包住梁山
梁山包住水泊，水泊包住鱼虾
鱼虾包住人民的幸福生活
生活包住蜜，蜜包住蜜蜂
蜜蜂包住花朵，花朵包住美丽
美丽包住一张脸，脸包住化妆品
化妆品包住化妆，化妆包住眼睛
眼睛包住瞎子，瞎子包住黑熊
黑熊包住玉米，玉米包住粮食
粮食包住水，水终于要包上纸了
而火早已灼穿纸，逃之夭夭

西山望

足不出户，座椅左旋
以十二层建筑的高度与西山平视
幸有一场风吹落空气的悬浮
雨打马赶来，焦枯的视觉
因潮湿而晴朗，乌云正在褪色
堆积的棉絮使天空温暖
只撕开一小片蓝，让阳光外泄
投于西山，未名之神躺仰的躯体

伐薪烧炭，炽热内心
外表妖娆最是通透欲滴的翠微
山花独自烂漫，雾岚飘飘欲仙
山外青山楼外楼，山是真实的
楼也是真实的，山和楼之间
闪亮的汽车白驹过隙
起点和终点都是真实的，唯一虚构
是我刚刚掠过心头片刻的宁静

那一张张矿工黝黑的脸

我们夸耀

在井口餐厅

拍下了一张张

矿工黝黑的脸

并为了夸耀的需要

辅以阳光、力量、青春

甚至干净、健康等词汇

但这些夸耀，恰恰

刺痛了一名矿长的心

他不想让世人

把这个黑与黑煤窑

深层或者表象地联系起来

我就坐在他的对面

看见他的脸

轻轻抽搐了一下

他说，我不期望

获得国际摄影大奖

什么时候，能让矿工的脸

在井下，依然洁净

那才是矿山的荣光

矿工万岁

一直以为，万岁
是一个腐朽的词汇
早应该陪那些皇帝老儿埋进坟冢
包括金銮殿前呼号的大臣
如果真的能活一万岁
依然秦始皇当权
焚书坑儒，不知
又要上演多少悲情
西天取经的唐僧
只需忍住疼痛
剜自己一块肥肉
从此不怕被男女妖魔追追杀杀
还有谁，期冀万岁
就给他穿一件皇帝的新装
礼受众目如炬的检阅

但在小峪煤矿井口的高处
我第一次，被万岁震撼
只因这个词与矿工站在一起
我甚至怀疑矿工的前身都是皇帝

驾崩时将无数珠宝带入地下

转世化作矿工

穿越黑色的巷道

挖掘自己埋藏的宝藏

阿米因为留住一位矿工合影

而忏悔，站立的时间

乘以肩扛的重量，等于加重了

矿工原本沉重的生命负荷

散落山坡，如布达拉宫

层叠的棚户，又如一粒粒

置身危崖的棋子

经不起风吹和草动

我向慈恩的神祈祷

向风祈祷

向草祈祷

就把万岁的冠冕永远戴在矿工头顶吧

对于他们，以及每天

躲在门后送别的眼神

哪怕只是一朵梦幻的花蕾

晨起沐浴

晨起沐浴

清污除垢

拔掉眼中钉

挤出肉中刺

掏空满耳闲言碎语

用洗发精柔顺

思想的杂草

用沐浴液光洁

暗夜的搏击

用与人为善的清流

冲刷脚底寄生的小人

让座山雕的图腾

小鸟依人的肥皂剧

黑手党，斧头帮，灰太狼

花边新闻，在水一方

统统谋杀于巡夜的更夫

记录5月5日在天街小雨聚会

北京的大卫，绕道汾阳

喝进去汾酒，播撒下种子

略微鼓起一些钱包

诗歌的小虫是指路的牧童

立夏当午，返太原，遭遇

精美的石头会唱歌

温暖的石头会下雨

坐在透过窗格的阳光抚摸的藤椅上

抚摸一张被误传为原生态木床

其实是拆旧屋顶的木椽

劈制而成的条桌，感慨真是

一个好物件，并一一指认

远有金圣叹，近有金汝平

前有赵树理，后有赵树义

古有阎若璩，今有阎海育

话题转向木头

当石头遇见木头

当金遇见木

当木遇见树

海飘起木

虫蛀木

唐依在木上

或者糖衣炮弹打在靶上

一介涂夫

选择好向阳的山坡

缘木求鱼

此时，朗诵总是难免的

争吵也是难免的

坐，请坐，请上座

茶，沏茶，沏好茶

我暗暗思索

牙是好牙，耳是好耳

为什么牙遇上耳

偏偏就像中了邪一样呢

生日诗

星爷从空中来
喝了一个星期的西湖水
心还搁在西溪湿地
一个劲地夸赞汾酒，这
才是回家最地道的味道
突然想起，忘了介绍小鱼
听说她最近买了自行车
骑自行车上下班
但她今晚肯定只能从水里来
摆着可爱的尾巴
游过迎泽大街的车水马龙
如此，再加上另外一些我们
从东西南北四面合围
就形成海、陆、空饕餮之势
向一次庆生发起总攻

唐晋昨晚还站在五台山的寺院
欣赏满天星斗，他近来喜欢
用瓷泥捏大唐胖妞，造佛像罗汉
自己供养，制作砚台赠送朋友

我猜想他前世，能观天象

呼风唤雨，是一位优秀的术士

挥舞秃笔写牛诗的金汝平

虽然只取小盅饮，却不影响他

妙语连珠，口吐莲花

铁乌鸦搭载着教授穿街梭巷从南而来

不多言语，只用诗问

"谁。谁是谁。成为谁。谁在那儿。"

经营瑞之花的郭新瑞

一直预谋和我大醉一场

偏偏我感冒，干咳声切

不得不高挂"免战牌"

非哥吟诵着竹枝词，独自

走进一间蛋糕屋，然后出来

让不俗的竹子在惊蛰前夜

经历了一场酒香的灌溉

从潞城高速奔回的三个人

刚由悲伤，转向喜乐

涂夫刘捧出墨宝

孔支书以茶代酒

王常曰"寡人有疾，寡人好色"

今天说的却是："春天了，让

我们的心合法地淫荡起来吧！"

倒叙：洋雷

洋雷，与八路军兵工厂土专家
用土办法混合土材料制造的土雷
包括大刀、长矛、三八大盖
一族相对应，是雷总会炸的
只有炸了，才显现它的生命意义
但必须炸在战场，方算炸得其所
还不能误炸死炸伤自己人，否则
碑文里不允许你写：炸得重如泰山
子弹不长眼睛，其实也长眼睛
只是战场不讲究身份，不分辨学历
挨了枪子，你就得应声倒下
除非你可以设定游戏的规则

洋雷的爆炸属于技术问题，此处
省去，不作探讨，雷肯定炸了
是谁牵了雷霆万钧的弦索，谁唤醒
雷的自爆装置，记忆已经闪退
雷，消亡了自我，也灭失了周边眼眸
耳听为虚，勿轻信，勿臆测
没有人给推理评分，就像谎言

上帝有时也需要去撒，雷

来到这个世界，原本有罪

路过可燃物时，一定谨防火星

这样，你才能接上两个小时以后的航班

不以一声巨响吓哭未足月的孩子

向一台老式车床致敬

向一台老式车床致敬
向一杆老枪致敬
向一名老兵致敬
据说，北约导弹精准
钻入南斯拉夫大使馆那天深夜
车间里突然传来机床的轰鸣
值班师傅披衣下地
壮胆，拉开工房的顶灯
空无一人，只有这台车床
独自运转，床前的台灯
如幽幽的鬼火，那年月
军工厂只是一张伪装的虎皮
靠谋民用零食维持生计

这是一台二十世纪五十年代的车床
边境战事，人歇机不歇
它曾创下七天七夜不合眼的纪录
却在那一夜莫名启动之后
眼睛再也看不准刻度
牙齿开始脱落，骨质出现疏松

旋转的速度明显跟不上
与时俱进的步伐，一夜奔袭
远远超过了老胳膊老腿的负荷
部队当过连长的车间主任说
轻伤不下火线，就让它守在阵地
擎着战旗吧
它有一颗勇敢的心
能守住我们的灵魂

剿匪的反正两种结局

A

围住土匪窝已经三天了
还没见到一个土匪
更别说土匪头子许大马棒
每天只有几个女人走出洞外
面对青山，搔首弄姿
打伏击，让战士们多有口渴
都说这是反唱空城计，洞里有黑压压的枪口
等着我们，我倒觉得我们找见了
传说中的盘丝洞，洞里的男人
早被这几个妖精吸光了血、吃光了肉
就连骨头渣子也混着山泉水嚼巴嚼巴咽了
同志们，子弹上膛，一人一个
张大山打胖的，李小四瞄瘦的
中间那个不胖不瘦的
留给兄弟我自己开心

B

一通枪战之后

土匪们死的死

跑的跑，只剩下几个女眷

掩面在那里哭哭啼啼

孩子少不更事

跑出洞口捡弹壳玩

我安顿战士

发给她们一些盘缠

能找见回家路的自己回家

无家可归者，都是苦大仇深

暂时带回营房，等候上级发落

先给我找一匹快马

钻山豹这小子溜了

他抢夺过我们村子

掠走了邻居家小翠

只有死亡才能回到父母怀抱

——读一张叙利亚战火中的儿童照片

无家可归
家已成为废墟
天当被子，地当床
实在不是一种浪漫
平地上两堆砂石
是他给自己搭建起的新家
左边石子下，住着爸爸
右边石子下，住着妈妈

也无处玩耍
玩耍已失去快乐的本真
就这样，蜷缩在父母中间
像刚出生时那样
他只等待
又一场空袭
覆盖了睡梦
一枚炮弹，正中下怀

每个人内心都圈养着一些疯狂

每个人内心都圈养着一些疯狂

关在屋里久了，就像小狗

需要领出去呼吸外面的空气

需要一段小跑，需要亲近草坪

深沉时还需要若有所思凝望一片湖水

我遛狗的方式很简单，邀约友朋

饮酒释怀，说一些大话也无妨

说就说了，忘就忘了，千万不要计较

酒后拍胸脯说的哪句话没有兑现承诺

更不可以窥探者的凶险拿捏我的命门

请善待我所说出的疯狂，就像善待

公园里随意可见一只自由嬉戏的小狗

如果能将其视为草原上狂奔的骏马

就更好了，下次释怀，我们草场有约

辑二 坐着拖拉机去看梨花

青莲寺

塌陷，终于在藏经阁前
停下脚步，跪拜经书
飞檐走壁的力士，趁机
用肩膀扛起寺院的香火

青莲是在高空盘旋的毛笔
是一株子柏对母柏的反哺
是青翠山峰吐出一轮明月
瞬间洁净了内心的深沟野壑

涂山寺

如约走进寺庙之前，不知道禹曾经
带着他的涂后，在这里歇脚，离开佛门
才醒悟错过了一次与禹的邂逅
南音袅袅，候人兮猗，涂山女娇
纵然一只白狐，婉约迷人地低回，再低回
也没能缠绕住禹三过家门而不入的脚步
我们又奈他如何，且他自唐时出走，至今
未归，空留下一座殿堂和神话的爱情
由人怀想，本就是匆匆来过，走吧
只记住眼前的小景，小清新，轮回的情缘
春风拂过绿树，参透蓝天的秘密
让一株月季，花开并蒂，在矮墙下尽情妖娆
试问施主，翘檐上的祥瑞，可是一条鱼
"想它是什么，它便是什么。"

在白人岩

终于，还是没能站上
伸出崖壁的试心石
高僧打坐，苍鹰歇脚
麻雀以此作晾晒谷物的道场
我胆怯，只从内心
迈一条腿，踏住虚拟
试探石板安危，以及
用身体抗拒风吹的能量
透过松针下的露珠
我窥见自己的血管，正日益
被枯枝败叶和稻草阻塞
四面山崖箍成了水桶
我轻飘飘坠落，恐不如
一粒石子在山间激起回响

历山行

舜在上，故乡在上
不仅仅是一座有历史的山
那么简单，一道犁沟
即是一条宿在山顶的苍龙

不能再行往高处
穹隆已经覆盖住呼吸
漫山葱郁的草本植物
再努努劲，向上窜窜
就能一头雾水顶破天花板

这些被我遗忘了名字的花草
以及药材，都是遗落在老屋的乡亲
自由生长，适时衰黄
高傲地活着，也卑微地活着
我只是素衣还乡，依然受到
列队的礼遇，云雾移游
忆念起，身侧时聚时散的儿童

雾锁禅堂

如果不能拨开眼前这团迷雾
我将如何进入心境的禅堂
"不能把脚踩在门槛之上"
这是佛的肩膀，不能打诳语
不能起歹意，燃香，叩首
五体投地，当我高高抬起左脚
望见崖顶夹翅听经的大鹏
也在眼角余光处，看见
穿红衣的你，夺目而至
此时，我只能是九华山外
一缕纤纤袅袅的香烟
袅袅于山中愈演愈烈的雾霭
终不得被佛辨识

山寺杂记

只有一把扫帚，摩擦着地面

发出簌簌的响声，细密，不急不缓

这是冬日北方零下十二度的清晨

一座位于半山腰的寺院，月光惨淡

铺地的青砖上早已没有了落叶

没有异物，扫地成为一日三餐

早餐前的功课，地上的灰尘无迹可寻

但心中还有，他今天起得比往常

格外早了一些，他刚刚梦见了女人

脸色泛红，心想一定是昨天遇见的污秽

他不敢向师父言说，醒来时

他曾纠结，醒来，还是继续

分明听见老僧在屋内自语，罪过，罪过

扫帚停在一块石碑前，古老的石碑

已经将历史半截埋进了泥土

然后，他走近院门，摘除门闩

吱呀一声，寒风顺势钻入他的脖颈

致仙女山

野有蔓草，零露漙兮。
有美一人，清扬婉兮。
——《诗经·郑风》

任何邂逅，都是一种必然
无论谁触碰了谁的画框
画框是蔓草，你我是前世
相悦的两股轻风，我来
不以马蹄踏响你的身体
只用一盏蜻蜓
镂空你衣袂上的露珠

任何离散也是必然，你会
渐淡渐忘从门隙闪过的白驹[①]
偶尔念起白驹的白，如果可以
我愿这缕白，绕成蚕茧的白
再可以，就烧成瓷器的白
并在白上雕刻一片蔓草
刚好没过我已然碧绿的马蹄

---

① 相传仙女因爱恋白马不愿再回天宫，王母娘娘怒而手画千里乌江，将白马山与仙女山生生分隔两岸。

天鹅湖

癞蛤蟆的食欲仅仅止于幻想
不足为惧，湖面阔绰，理想远大
那么多远道或近道而来的观众
各自怀揣心事，既缠绕池塘的绿藻
也闪耀江湖的光芒，还有些天空的浮云
只想将自己的影子俯作你身侧的涟漪
跟随你游动，仰望你飞翔
不惊扰你的栖息，慢慢变成
你的羽毛，陪你冬来，春走
一生只做一件和水有关的事情

壶口吼

是春天在吼
沉闷，被水掏空
掷地有声

水簇拥着水，水劫持了水
一场事故在断桥边
紧急刹车，细小的尖叫
来自生命内核
被一根稻草
捆绑成风的嘶鸣

平安夜

应该有一场雪裹住今夜的体温

城市泥沙俱下，江郎才尽

而雪依然没有触及教堂的塔尖

隐蔽于钟声的飞鸟

无法企及欲望的航线

匍匐雪原顿成江湖大梦

剧情饱满，夜色阑珊

不能在怀想里融化

就在远征中凝结

月光惨淡，车夫游走

谁点一盏桔灯，照亮你

独自又独自通往酒馆的路径

立　春

勿贪，勿嗔，勿痴
一枝便一枝，几枝便几枝

夜有雨，称之喜
夜有风，谓之随

色不异空，空不异色
春即是美，美即是春

满园春色关不住
一枝红杏扑鼻香

老坛装新酒
春梦重启程

花开时，我们追花问柳
鸟鸣时，我们坦然耳鸣

清明是一道坎

之前，一直蛰伏在惊蛰的山洞
惊雷劈倒了崖顶的信号树
耳鼓震荡，我探出头来
正赶上许多脑袋抢红包一样
挤进理发店，不是我不想成龙
此时我刚刚揉开惺忪的睡眼

转瞬清明，一些人就此止步
天气回暖，而我需要冷静
翻过这道坎，才能探究清楚
被青色石拱桥遮挡的风情
时光流逝，季节是一道轮回
世界是一道更大的轮回

翻过这道坎，我将删除抒情
放弃晦涩，用余生落草为寇
不再艳羡枝头招摇的果实
匍匐日久，学会在夹缝中生存
其实我只是一只壁虎
断尾自愈，从不伤害无辜

谷 雨

让谷子飞，扑棱棱，呼啦啦
一定要造出些声响，至于姿势
可比柳絮更袅娜
可比杨花还水性
子弹飞时，光天化日
有人躺枪，一命呜呼
谷子的飞在夜间
向着雨水，投怀送抱
群山脉脉，温润地滑过肌肤
这个春天不宜中枪，只适受孕

空 山

沉陷于一座空山

草木自由生长，四季按时交替

雪水消融，花开遍野

鸟鸣声东击西，打坐的高僧

似乎故交，却不抬眼理会

我为躲避前世的情仇，慌慌张张

衣冠不整，误入山林，餐风沐雨

一生只在某一日，一个人举杯

邀明月松涛，江河万古，一醉方休

纵是坐在悬崖，依然掩不住悲喜

乡 事

土豆有土豆的命
南瓜有南瓜的命
鸡蛋磕在石头上
是鸡蛋的命，也是石头的命
村边竹林传来
野狐的歌声
是这个夏天的命
也是我偶然捡回的一条命

太山新年听钟

用尽前半生

加减乘除

剩余的力量

摆动钟锤

第一次，我只听见新年

第二次，听见了钟声

第三次侧耳，我又听见

悬在挑檐的半个月亮

以及寺院内涌动的星光

在冬夜想起远方的一场大雪

太原冬天的第一场雪太过浮皮潦草
微信，只微微让人信了一会儿
广播里的文艺腔，矫情掷地
城里人小富即安，太容易满足
我铭心刻骨乡村干打雷不下雨的日子
也怀念山野中说话干巴脆，要下雪
就劈头盖脸把山川田畴捂个严严实实
那时，我们不懂得踏雪寻梅，梅花
就绽放在推开院门，仰头可见的山坡
瑞雪兆丰年，是学堂里的书面用语
今冬雪盖三层被，来年枕着馒头睡
雪是老百姓的命，是温饱，是小康
我把雪放进嘴里，当糖吃，当水喝
我们打雪仗，弹药充足，军号嘹亮
发动了不计其次数的围剿与反围剿
雪地里，一个少年骑猪而行
他把雪落在纸上，欢乐远远甩在身后

在春天的夜晚抚摩着雪的脸

让一场雪覆盖住沉重的夜
在酒精作用下闪烁红色的光
此时，我只想抚摩着雪的脸
轻柔，细腻，温存，滚烫
会有一滴泪水滑至腮边
相对于雪的平静，我是一列
拉着汽笛在春天
原野上奔驰的绿皮火车

想在太山的雪中来一场曲水流觞

雪渐渐小了，落在头顶的雪
不要用手拂去，菩提在上
呼三五友朋，小坐，无拘束
处于喧闹和寂静之间
我们不堆雪人，不随意改变雪的模样
莽莽雪原才是辽阔的内心
需要一些酒，温的最好
需要有醉意
我们就此摆开阵势，曲水流觞
世界公允，谁也不能贪杯
水即将凝结，水仍将复活
水的源头是一股龙泉
我们用腹中的酒，焐热龙的泉

鹅毛笔尖的一场大雪

鹅毛笔尖的一场大雪
从哪里起飞，又将在哪里降落
这些年来，我们早已疏淡了
对书信的写作，一只金丝鸟
落在雪地里，她凝视着我
久久不能振翅，我们相互怜惜
我们都学会了矜持，彼此辜负了
太多岁月，踢翻桌上的那瓶墨水吧
随意一幅山川，让我们随意
去往，随意相聚，又随意地分离

雪落信笺

我把下雪想成
古时的日子
雪落很久，地面的白
都不会紊乱，一个人走过
留一个人的脚印，两个人
结伴，就留两个人的足迹
雪只是一页信笺
写给你的句子
无论繁简，俗雅，都环佩清越

雪白，雪白

路上的雪，很快
被汽车碾成了泥污
被行人踩在了鞋底
越是宽敞的道路，越是如此
越是繁华的地段，越是如此
这一场用雪花堆起的白
可以映照黑夜的黑
不能同流白天的白
心总是被脚印踩得很乱
我在想，大路朝天
来时用雪花堆起的白
走时也用雪花堆起的白
除了屋顶之高
庙堂之远，山林之幽
还有哪些人迹罕至的去处

曲 沃

曲水汤汤，沃土穰穰

是大鸟与小鸟栖于象背的对视

是奔驰的霸国，车马辚辚

桥山巍峨葬黄帝，绵岭苍茫烧子推

锈蚀的箭镞收藏了历史光芒

青铜镌刻的铭文被大风奔走吟唱

曲水悠悠，沃土穰穰

是嘉禾开启粮食与菜蔬的祥瑞

是诗经的种子，散落乡间

张坊撤驿犁春秋，炎武著书论兴亡

千年的银杏护佑着苍生福祉

搭乘战车的成语蜂拥在回家路上

羊头在南，马头在北

今年夏天，尽被太阳灼黑了
一次在高平的羊头山
一次在右玉的马头山
我才发现可以无限接近阳光的
一个叫羊头，一个叫马头
羊柔顺，只听过牛脾气驴脾气
没听过羊脾气，被羊头山的太阳灼黑
说明自己的脾气比羊还是大了些
要向羊学习，向山道间经年的石窟学习

羊头在南，马头在北
栅在马身侧的夯土城墙已经疏朽
马背上自负的粮草高深茂密
马欲驰骋，马想嘶鸣
站在山顶，我们不说卑微，只说辽阔
久居在生活安逸地带，偶尔让太阳
很强烈地刺射两次，恶补钙质
纹纹肤色，也没有什么值得大惊小怪

春天的毒素

斗地主斗得破了产
闻花香中了花粉的毒
小阴沟里布满帆船的尸体
一张强弩，瞄准天空
纸扎的老鹰，鸟语呀，花香呀
春风这匹老马，又在鼓动马蹄疾行
疫区，雷区，煤矿采空区
到处是鲜花装饰的陷阱
正午的花池，横陈醉汉的睡眠

如果我们不在河东相遇，就在河西相逢
体谅我只能用箍紧的头痛
应和你疲惫的从容
必须安静下来，波澜不惊
分辨河流的走向，筑起防沙的堡垒
春天每吐一次嫩芽
都是向衰老逼近
我每一次礼让，都是
为了让春风来得更加横冲直撞

桃花在春天醒来

桃花是我看到这个春天最早醒来的花
比她们醒得更早的是公园里成群结队
快步如飞的老人，两树紧挨的桃花
一粉一白，肚皮贴合着肚皮
潮湿的感觉，让我想起以露水命名的夫妻
以及一幅贺岁的图景，灿烂桃花中
两条鱼儿在水塘的涟漪里摆尾嬉游
这是清晨的时光，桃树下，一只野猫
迎着初升的太阳，打着像人一样的哈欠

每个人命里都有注定的桃花

每个人命里都有注定的桃花
但有时，桃在一站
花在另一站
就像今晨这场雪，从春夜
搭错了好几趟列车
才柔软地匍匐在桃花身上
不仅仅是一片唇触及
另一片唇，那么简单

桃花流水

又一次写到桃花
已经错失了桃花的节气
隔在河对岸的桃花
桃花岛上的桃花
邻家小院碧玉的桃花
身穿淡粉色碎花旗袍
从超市一闪而过的桃花
现在，面对餐桌上
洗得洁净的桃子
想想桃花，想想比桃花
更悠远的蓝天
我只能深深铭记桃花的瞬间
并将桃花，一年一度
置于最隐秘而奢华的庄园
最后一次以桃花为题
是结果，不是结束

春光不是那个春光

春光不是那个春光
春色也不是那个春色
青草萌动的小风骚
在撩人的衣衫下生动起伏
美丽只在河岸，为我
撕开一绺窗帘
不能鞭挞我的眼睛
春天的胸脯原本为眼睛而敞亮
我只掏空被迎春花刺伤的神经
此去经年，含珠吐露
谁将轻抚你的掌心
为你占卜春天的卦象

梨花开在向阳的山坡

梨花开在向阳的山坡
清泪滑过生动的脸庞
我不是有意
让阳光穿透尘埃
不是有意，让尘埃
迷离了你的眼神
让你的眼神，跟随我
翻越田间地头，细雨和风
不想让一场风扬起轻沙
让一场雨幻化忧伤
宁愿是原驰蜡象惟余莽莽的雪
身在梨花，梨花离我很远
清泪离我很近，是谁
吹着萨克，引我回家

坐着拖拉机去看梨花

坐着拖拉机
我们去看梨花
梨花也开在城市
我们偏要坐着拖拉机
去看开在深山坳里的梨花
那里的蓝天才是真正的蓝天
那里梨花的白
才是真正梨花的白
就这样，戴着有色眼镜
我们坐着拖拉机
风尘仆仆，欢歌笑语
一起去看开在深山坳里
梨花的白

赏花小令

桃花花你就红来
杏花花你就白
梨花羞涩，樱花零落
玉兰举盏，油菜金黄

山间，田头，公园里，行道侧
朋友圈内，满目芳菲
春暖花开须纵酒，酒色堪比花色新

闪电之上是否有一座花园

站在雨里，我只看见

漆黑远处的闪电

闪电之上是否有一座花园

花园里有一列巡游的小火车

咣当，驶来

咣当，驶去

车灯在转弯处闪亮眼睛

唯有听觉是今夜行进的方向

漆黑的花园是否隐匿着漆黑的忧伤

漆黑的云端是否流动着

清澈的神曲

月光下的湿地公园

睡神安睡，通讯中断
持一枚草叶侵入你的湿地

月光之下，水波澹澹，灌木隐现
芦苇举一头白发，应和浅浅的风声

鱼戏莲叶间，一截板桥直通幽处
池鸭在腰际，起起落落

菜地里飞来花蝴蝶

菜地里飞来一只花蝴蝶

黑须须的胳膊

白嫩嫩的腿

水蛇的腰身开着直升机

飞向这一棵

落往那一棵

繁星点点的菜

独具风骚的菜

偌大的园子寻不见一块停机的坪

我只能扯一绺霞光

做她的发夹，将她

轻轻拢入五指的荒原

在宏村

家　塾

就在以文家塾的课桌前坐下吧
先生很快就会进来，略微端详面容
分别为我们起一个学名
其中第一个字，自会一样
那时还没有发明黑板，我会请求先生
把我们的名字饱蘸清水，用毛笔
写在地面的青砖上，水穿过砖
浸入土地，我们就是青梅竹马
两小无猜，也许会在街巷里失散
但顺着不腐的流水，我们总会在
一片池塘里交融，月光如银
荷叶田田，两只鱼儿谨慎地游过
只轻轻一次擦肩，便私订了终身

月　沼

不能贪心，半池足矣
先生摇头晃脑地告诫我们
长盈必亏，半亏为盈

我们把一面团扇，沿扇柄
折叠回来，各盛半扇月光
随意指认一间倒映在池中的屋子
借宿于此，也只借住半宿
让池水清亮地浮起我们
你袅娜站在半圆的木格窗前
我正挑着半卷诗书
轻轻叩响你半掩的门

水　圳

那日，携落花，路过流水
恍惚春天来过这个村庄
曾经是寄养在承志堂内的幼仆
黎明即起，洒扫庭除，然后眼巴巴
等待懒散的太阳从东边马首的墙头升起
蒙老爷恩许，我将在上午陪小姐读书
并允准一起玩捡拾院内桃花的游戏
像放生小船，把片片花瓣轻轻
置于门前的水圳，然后争辩
喝了被桃花浸泡过流水的水牛
到底是会成精，还是成仙
如今，年华已成追忆，唯有流水
在原地精准计算着一列火车的归期

不是每一座山都可以称为南山

与东西南北无关，与城市或乡野也无关
柱石的山门非常简陋，最好再爬一些青苔
扑面而来的不是春风，而是竹林
竹子要长得茂密一些，生长的年代无须考究
最无须设置七个贤人长衫纶巾，应景而歌
要有一座古寺的痕迹，左右两侧禅房已近颓塌
透过木制的窗格清晰可见地面上射自屋顶的光线
"福如东海，寿比南山"的书法照壁是可以有的
一切美好皆由心生，谁撒下几树红叶
映红了镜头里的天空，连同我们惝动的心情
鸟外有亭，飞云有阁，读书听鹂，抚琴招隐
角檐下的风铃串联起我们剩余的时光
关关雎鸠，在河之洲，不是每一座山都能称为南山
不是每一座南山，都能成为幸福的中转

在怀仁

金沙滩的金

金色的阳光洒在塞外的沙滩

风暂时压低了嗓音

沙石停滞了飞翔

歌舞都是假象

毒蛇在酒壶里窜动

辽王手中的樽为何还不摔下

一丝胆怯掠过我的心头

父亲他们是否已经回到了宋营

不是惧怕死，只是我

不想知道自己会成为

遗落在荒滩的一截金戈

还是马蹄踩踏的尘沙

黄花梁的黄

我不是有意，要在昨晚烂醉

据说梁上葱郁的大树

都被砍走，筑了应县木塔

天生我材必有用，塔

使木恒远，我自不会哀怨
但你指着梁下一个叫歧道地的村庄
这边通向杀虎口
那边通向张家口
我就忍不住，翻起一股
类似民歌的苦水

月光下的雁门关

如果可以让圆月回到汉朝

我想叫醒土丘下隐姓埋名的将士

理一理盔甲，抖擞起精神

执戟，持弓，集结，口令

探子来报，前方五百米发现敌情

再探，风吹草低，野兔出没

此时，我该是他们之中，端坐关楼

秉烛捋须读书的将军？

巡夜队列的士兵小头目李甲？

还是守护城门患上深度哮喘的河南老卒？

圆圆的月亮，远远的家乡

看见任何一个，我都会

以泪洗面，我只想有一盆清水

能把天上的月亮装进盆里

还想有一种声音，用来击碎宁静

飘落在土城墙胳肢窝里的小雪

不去想象漫天雪花的舞姿
我独在土城墙下遇见了你

不是因我飘落
也不因我驻足

结伴而来的姐妹
空余你的美丽

我来，只为裹紧你的影子
宁可相信，你是因我而含情
又因我的迟到而战栗

夜宿杀虎口康熙大营

不能用推土机推开夜色
这夜色是大营高处围绕的祥云
银碗斟满月光
哈达捧起奶酒
曼舞，高歌
不是激战前的恣情
也不是凯旋后的释纵
今夜，我们只想沉醉

允许我，为高高的敖包
添一块石头，抑或香木
允许我，卯时三刻
打开木栅，驾驶门前挖水坝
的推土机，率领玄烨大军
浩浩荡荡，冲上大街
为一只刚刚被宰杀的羊
双手合十，深沉忏悔

夜宿林家坡武举人府邸

没有聂小倩，也没有田小娥
我只在三碗青梅酒后
徒步景阳冈，遇见门口
黑灯瞎火狂扫落叶的武松
"忽报人间曾伏虎，扫帚也作哨棒舞？"
"景区人头攒动，大虫已无出没。"
"物是人非，英雄惜惶。"
"英雄不问出处，无虎便无二郎。"
此乃梦呓，夜宿古宅
山月静好，岁月静好

小时候，一匹游走在窗外的狼

黑来了
夜就降临了
家里白天敞开的门
早早插上了门闩
有时候，星星不来
月亮也不来
风来了，吹着响哨
削平门前小河的喧哗
就有一匹狼，拖着长长的尾巴
在各家窗外游走
更凶残的，老虎狮子豹子们
都埋伏在村边的小树林
我用一只耳朵听妈妈讲故事
另一只耳朵不时瞟向窗外
听见狼正踩着细碎的脚步
更用心一些，甚至能听见
老虎在不远处咀嚼草根的声音
我屏住呼吸，尽量不让
身体发出任何响动
生怕自己不小心一个喷嚏

被狼错听成孩子的哭声
许多年后，我还在想
村里养的那些狗
都干什么去了？

羿说：我射

——小记于屯留老爷山

羿出场，掌声雷动

清清嗓子，试试麦克

我是羿，不是后羿，后羿是我的后裔

后羿虽也能射，但只驱斩些虎豹

还篡夺了夏朝王位

功过品行，留待后人评说

我逝，他尚未出，管不着了

言归正传，我本神话

一说天庭帅哥，娶玉帝小女嫦娥

受尧之邀，携妻下凡拯救苍生

或传，神渠村民，张三峻

猛虎之口救美，嫦娥以身相许

但故事的结局，都说这个婆娘独吞了长生药

她飞，入住广寒宫，孤栖与谁邻

伤心事不提也罢，想当年

诛凿齿，射九婴，缴大风

杀猰貐，断修蛇，擒封豨

我威风八面，魑魅魍魉无不逃窜
只那骄横十日，自恃龙种，不听规劝
一怒之下，登上老爷山
我射，嗖嗖九箭，大义灭亲

情至深处，潸然泪下
惹火了老丈人，踏上条不归路
我无奈永远伫立在这山头，装模作样
乘着夜色，想念伊人
两句歌词，足以总结一生
天上有个太阳，水中有个月亮
我唱，哦耶，哦耶

斗地主

头顶瓜皮帽

我们斗地主

闷骚的貂蝉

扯着破锣嗓子喊

吕布，快来救我

其实我不过是用一副

大对压住她的小对

还以为自己的黑手

摸脏了她浅色的裙裾

昭君就不吭气

即便我用炸弹

炸翻了人家的飞机

琵琶一曲，起牌重来

带着阶级斗争的色彩

我们男男女女，沆瀣一气

另一面

梦见和你一起吃早餐
往饱里管吃的那种
自己没吃饱，就去
找服务员，又找炊事员
和经理大声吵闹
斯文扫地

其实我没有那么大火气
和忍不得江湖
不屈不挠的斗争精神
这个人肯定不是我
我想，一定有另一个我
隐藏在生活的另一面

失　语

一根鱼刺封住将军的喉咙

月亮折弯了长矛

河水倒流

桥断裂

草在对岸嘶鸣

表情锈蚀

欲望枯竭

高射炮打蚊子

八匹马拉雪橇

谁从云端扔下一句黑话

腐土柔情，落英缤纷

鞭 子

抽牛马
抽顽石
抽心
抽夜色
抽幽静山谷
或者河岸的空灵
不见肌肤
但声闻四达
鞭如刀子
鞭若飓风

仪式感

早晨起来
手升卷帘
心头突然涌起歌声
"前进，
前进，
前进，
进！"

国庆七日

第一天，阴雨连绵
时钟在午夜停摆
静谧容得下一整天的睡眠
透过微生活的念想
一盘烧烤，在远方
让我垂涎欲滴，目露凶光

第二天，晴空丽日
也想出去走走，微友说
向前，走不动；向后，回不去
每个人的脖子都伸成长颈鹿
我想，每条道路都是祖国的血脉
要给母亲宽心，不能任性添堵

第三天，早晨从露珠开始
夜晚在一场疾雨后结束
水，首尾呼应，中间的句子
阳光和谐地包办了一门婚礼
雨，落在天街，浮起茶香
泛着酒气，我该对谁说些什么

第四天，一只黄色的蝴蝶

翻飞在格桑花间，云淡风轻

我很奇怪自己竟然叫出她的名字

来时，路过一座教堂

回时，依旧不动声色

她们都是被我迷恋的轻盈的喜悦

第五天，阳光继续灿烂

泡茶，读书，几个中国诗人

翻译一位美国诗人的同一首短诗

雾来如猫，或者，如猫一样轻柔的雾

漫过水面，今天，雾离我很远

港口和城市却很近，这是一场游戏

第六天，红叶的脉络

胀疼了眼睛的血丝

移坐阳台，手不释卷

公园里，垂柳下的湖水

波澜不惊，月亮将圆

欲归的人，正在盘算归途

第七天，把山川留在路上

落叶将复制一场冬眠

青绿的依然青绿

壮美的也难逃死亡

重整旗鼓，手持红缨枪，我们

又一次排山倒海，杀向晨昏

四行诗

鹊在高枝

鹊在高枝，啾啾鸣唱
红唇白肚，不见森林
夜是用来失眠的
一切都还蒙在鼓里

月亮的影子

鸟儿扇动翅膀
人类张开臂膀
月圆时，形只愈加
抱紧了影单的腰肢

七　夕

月半轮，诗经一卷
原野上的雏菊七钱，蒲公英若干
和颜悦色，清风细雨，蜜语调匀
剂量逐日自酌，口服，心服

西来泉

泉水自西边来
西边有羊群，有经卷
有圣洁的雪山
潺潺，而不发出声响

村　景

卸了驾的马车像一辆趴窝的坦克
撂荒的磨盘是守护庄园的碉堡
三五件农具在土墙根随意散落
这一场战争，时光使我们丢盔弃甲

泉之头村

泉无名，并不妨碍清泉石上流
不妨碍以其源头为一座村庄命名
有画蛇者用青石刻写"井泉"
没有扶于墙壁，而被踩在脚下

细雨来临之前

细雨来临之前，你打开身体
取出体内的疼，白色的纱布
看不见鲜血淋淋，我收起火盆
合上书页，将你夹在睡眠里

窗 前

你坐在地板上读书，光着脚
左膝微微弓起，果园的色彩
平静地印染了你的裙裾
我在时间之外，翻开你的晨曦

原起寺

荆为梁，蒿为柱
秋风可知蒿草劲
凤凰展翅，牡丹戏媒
原起在此，缘起在彼

青龙桥

独步天涯，请握紧山中这把屠龙刀
我不在刃口上闪亮，不以清潭映月
只想做文身刀背，夹缝生存的飞鱼
图穷匕见时成为你饥肠辘辘的美食

冬 至

当子弹洞穿了一个人的头颅
河水开始结冰，革命出现停滞
我就每天来巷口张望，阁楼上的
迎春花是否又隔着玻璃如约绽放

梦火车

我们都老了，满头白发
在一个古旧的火车站相遇
火车来了，又走了，我们是火车
遗弃在木头长椅上的两道闪电

去看一条河

顺着一滴水，去看一条河
河被风吹得瑟瑟发抖
不能干预风，我就在河边
安下营，扎下寨，等河醒来

一个人站在旷野

兔子支棱起耳朵，搜寻
远方的风，天湛蓝
湖水宁静，大地上的主角
只有我、植物、苍山以及辽阔

静　物

昏黄的灯光，烟草的味道
电风扇在头顶慵懒地旋转
一杯茶水，热气腾腾
和旧挂历上的女子窃窃私语

窗　外

一场前世被飓风席卷的爱情
不是云雨，而是云烟
窗外很冷，玻璃坚硬
我们面对面，彼此内心活跃

开　始

从一场酒事，春天的胸部开始
从唇与舌甜蜜的交锋开始
之后，你进入忘记，强制失忆
由此喜欢上了与酒幸福的厮杀

穿墙术

不是张生逾垣，不是芝麻开门
不念嗡嘛呢叭咪吽的口诀
只是一缕气息，轻轻穿透了
一个喉咙到另一个喉咙的距离

水来土掩

如果与一条叫嚣的狗狭路相逢
你可以弯下腰，装作去捡石头
要对付一条潜伏在草丛里的蛇
这一招，就变得不怎么管用了

强肉弱食

蚂蚁绊倒大象，先挖好了陷阱
龟兔新赛季，掷硬币，乌龟将终点
选在一条无桥可过长河对岸的树荫下
狐假虎威的时代已被大风雪掩埋

原形毕露

且在月圆之夜饮下这一杯雄黄
抓耳挠腮，身体的变异不可阻遏
狐狸露出尾巴，嫦娥撩动裙裾
千年修行，我欲复归何处

云　端

从云端阅读我的城市
我的桥梁，我的街道
可曾见公园水榭垂柳依依
风柔弱，蛮腰纤，思无邪

慢咖啡

雨慢下来，夜慢下来
晕眩慢下来，夏天慢下来
闪电已经慢下来了
故事的讲述正进入鼾声

辑三 闲聊水浒小人物

郑 屠

设肉铺于状元桥下
生而为杀猪，本是正当营生
手艺赚钱，劳动致富
偏喜众称郑大官人，才觉扬眉吐气
人送绰号镇关西，更显自己威风

明暗里多少恶事，施公未表
仅金翠莲一桩，已激鲁达义愤
三拳送其命，一文扬其名
古往今来，对市井恶霸诸多评说
都比不了提辖一句：这个腌臢泼才

赵员外

做好事不留名。财主家里有钱

且赶上政策和正房允许，收留金翠莲

养做外室，解其父女生活之忧，功德一也

由此遇见鲁达，以五花度牒送至

五台山剃度，使其避难，但因佛缘未到

两次醉酒，闹僧堂，打山门，而员外不怒

坏了的金刚、亭子均备价重修，若无此引

怎有智深听潮信坐化六和寺？功德二也

去往五台山，远可跋山涉水，近可山下小镇

偏偏让员外住在代州雁门县，雁门关下有好人

读《水浒传》知雁门，员外自己不具名

却使雁门扬名，舍小，取大，功德三也

陆　谦

一个人不能接二连三在另一个人身上施错
别欺负他是发小至交，是识得大体的教头
一不该背情义弃廉耻将朋友妻子送入狼口
二不该设阴招耍诡计让兄弟背负行刺罪名
三不该花银两买官差暗地里索要他的性命

你是虞候，阎王却不听使唤，坏事不过三
自己不忏悔，还奋不顾身往老虎笼子里跳
真以为给豹子头戴上枷锁就成为一只病猫
岂难料，风雪护他，草场护他，山神护他
只等他怒发冲冠，就送汝等直下九层地狱

董超和薛霸

做了许多年公人，押解过不少犯人
总会有不少"仇家"在上路之时
拿金银来吩咐，揭取脸上金印
方能结算尾款，务必信守承诺
一起起警界杀人案就在光天下谋定
拿人钱财，替人消灾，似为道理
其他公人想必也多是按此套路出牌
恰遇前方有林子，且吆喝入林
缚树歇息，一人负责把风
另一人暗行凶杀
对林教头决不手软
对卢员外也得超显霸气
逃脱了鲁智深禅杖，躲不及燕青弩箭
人在江湖，做坏事，不能总仰仗好运气

洪教头

柴进已经很隆重介绍："这位便是东京
八十万禁军枪棒教头林武师林冲"
你依然诘问："今日何故厚礼管待配军"
林冲拜你，你不答礼，反而抢占上座
自是因为傲气，以为庄上武功第一
普天之下便没有对手，先输了胸怀
你挑衅枪棒辨真伪，林冲则在思虑
"不争我一棒打翻了他，须不好看"
打狗还得看主人，情理上又胜你一筹
明月地上交手，林冲披枷迎战自由之身
个中实力已经探得分明，林冲自认输了
你若善良，顺势说一句：不打不相识
大路朝天，各走一边，林冲自去牢营戴罪
你继续留在庄上受人敬仰，偏偏剩勇追穷寇
太急切迎接这场胜利，反被林冲打中七寸
所谓欺人不可太甚，不懂得忍让是美德
只能既损脸面，又砸了捧在手心的金饭碗

差 拨

书里没写他的名字，甚至没有姓氏
怀疑会不会有天下什么一般黑的故意
狱中规矩，明码标价，狱友已经
传达给林冲，但林冲使了一点小坏
并不急于捧出银两，而是由其辱骂
露其嘴脸；又继续使坏，先只取五两
嫌少；再多送上五两，转而堆笑赞誉
口换赞誉，悉心指点免打杀威棒的秘诀
林冲自叹："有钱可以通神，此语不差"

贿钱只能用得一时，用不了一世
面对封官许愿，以及更多的贿钱
差拨又一次开始变脸，但这次变脸
不能如从前疾速，不能露出破绽
他不知道小酒馆的密谋已经泄露
平日信马由缰，早忘却悬崖勒马
当他主动爬上墙头，引燃草料场火情
就已经注定成为这一场大火的陪葬

王 伦

一个读书人，因为受了不及第的鸟气

就伙同另一个人上山落草

没什么武艺，也能稳坐头把交椅

把山寨与水泊经营得小有名气

但仅仅是小，小资小富小安逸

未曾梦想过做强做大的战略蓝图

因此无人才之虞，送上门来的好汉

太能打的，犯大事的，统统拒之山外

好不容易想留一个能打的

以和另一个能打的针尖对麦芒

偏偏人家走过路过，看不上你这个鸟寨

"盖有非常之功，必待非常之人"

不是人要发展，而是山要壮大

堵住一个泉眼，又冒出一群泉眼

螳臂当车，只能给自己铺设死路一条

牛 二

姓牛不是真牛

叫二却是真二

一只形貌粗陋的没毛大虫

横行街市，端的吓人

面目依稀似鬼，身材仿佛如人

没谁愿意招惹你这样一个醉鬼加恶鬼

好几进宫又屡被释出的著名泼皮

唯杨志不躲，因为他心中无鬼

还因为他就是你今生

用生命苦苦守候的那个人

不是撞在枪口，而是迎向刀刃

人头离颈碗大疤

你一生累加的意义，仅仅为了

证明他手中一口祖传宝刀的价值

周　谨

梁中书已经谋定将你的副牌军
让渡给杨志，你却不知情
不知道杨志的出身，更不知道
梁中书的用心，如此大的排场
邀你演武，就是要踩着你的败绩
抬高杨志的身价，梁中书不关心
比武的结果，输赢早有定论
他只希望杨志在大庭广众之下
赢得硬梆，好让人传誉大名府
选人用人工作果然公正无私
没料想索超辩言
你因患病未愈而误输
一句话说漏了梁中书点将的底牌

谢都管

梁中书去年刚被路劫十万贯珠宝
今年又给老丈人备上十万贯生辰
钱的来处并不紧要，就怕从北京
送不到东京，蔡京那里失了孝心
选好监押人，便成为此行的首要

夫人举荐杨志，的确是英明之举
武功人品之外，还看中了他曾经
翻船失陷花石纲，此行必得周全
成也夫人败也夫人，却让你同行
领两个虞候，单给父亲挑份心意

杨志我说不干了，怕你倚老卖老
团队有特殊人物执行力大打折扣
梁中书当面训话切不可别扭行事
可惜雨过地皮湿不解决主要矛盾
只给项目实施埋下一枚定时炸弹

路途各处的风险，杨志自有警惕
行路不能按常理出牌，虞候挑拨

你压了怒火回答："且耐他一耐"
扮作挑夫的厢禁军也来怨怅，你
依然压住怒火："巴到东京……"

你深知何为第一要务，忠心可鉴
就怕赤日炎炎似火烧，烧出酒瘾
乱了团队思维，你的错在于本能
只是小错，杨志却是大错，甘为
官赃保镖，注定要滑倒在黄泥冈

何 涛

罢我官之前，先把你这厮迭配雁飞不到
去处，这是济州府尹极度忧烦郁闷之时
对三都缉捕使臣发出的恐吓，如此训示
现今听来也不生僻，一级打一级的板子
都把话撂在前面，这次直接往脸上刺字
"迭配某州"某字空着，以结果为导向
压根不信你能在东京限日之内解开此局

幸亏有个游手好闲的弟弟提供线报举证
还有个沉稳机警的老婆，善于操持后台
星夜赚门抓捕白胜，严刑拷打供出晁盖
惊天大案情景再现，蒙面劫匪尽露真容
距离真相仅有一步之遥，你又犯了秀逗
最怕县衙里面藏卧底走风漏气，偏偏你
还没迈进县衙，就让及时雨撞了个满怀

一滴雨策马先下到东溪村，你更没想到
派遣抓捕的都头竟也是他培育的小雨点
无奈举重兵再奔石碣村，看似势在必得
又忘记一句老话：机不可失，时不再来

带领一群旱鸭子奢想在水洼逮住打鱼人
直教兄弟全煮了鱼虾，只留你撒下双耳
回去报信，到底迭配哪州已经无关紧要

阎 婆

婆婆嘴太显柔碎，又非三寸不烂雄辩之舌
被街上唐牛儿唤作老咬虫，最是形象不过
举例有三：家公病死无钱发葬，央求隔壁
王婆做媒将女儿嫁了，路遇宋江馈送棺材
又赠十两银子渡过难关，说知恩图报也罢
实则得了便宜卖乖，借王婆撮合山的本事
洞房花烛之时，亦即翻身农奴把歌唱之日；
无奈女儿很快出轨，当妈的自然心知肚明
为了挽回这场婚姻，其实是不舍刚刚修来
丰衣足食的幸福生活，又要死皮赖脸功夫
只说小贱人高低言语伤触，缠得宋江回房
笃定要将他堵在这房里成事，不巧唐牛儿
的闯入让宋江如遇救星，但阎婆绝非等闲
自是不吃谎言，且将唐牛儿两掌扇出帘外；
早晨起来见女儿已死于血泊，不哭也不闹
先说老身无人养赡，再给女儿讨一具棺材
端的是心计，到县衙门口才发狠扭住凶徒
诸多公人众目睽睽他纵是想逃也无处可逃
不是冤家不聚头，唐牛儿又一次恰闯镜头

昨晚掌脸之仇怀恨在心，只还一掌满天星
宋江得逃，阎婆不依不饶将其诉讼于公堂
不绳之以法誓不休，执拗精神倒十分了得

阎婆惜

来自时为帝都的东京
大城市人，会唱小曲
随父母投山东而亲戚不遇
流落郓城，不幸又死了父亲
（和金翠莲的出场颇为相似
只流落地与亡亲性别不同）
为何离京？书中并未细表
其他版本均是臆想，不足为信
郓城毕竟小县城，民风尚且淳朴
靠卖唱无法过活，父亲染疫辞世
母亲须嫁了女儿才能换具棺材
幸得遇见宋江，缓解燃眉之急
偏偏又锁定宋江，打开一份孽缘
（若像金翠莲另寻人家，再将恩人
写个红纸牌供着，也算好的结局）

金屋栖美，不过费些物质
如胶似漆，却非宋江欲求
精神层面的极不相称很快显现
妙龄女难守空闺，粉红杏急出墙头

宋江不甚理会，母亲却很愧疚
生怕因此断了小康生活的供应链
非得拖宋江回房，而女子任性
不是自己心仪的三郎，才懒得厮磨
长夜并不漫漫，女子为爱疯狂
宋江遗落的鸾带，稀罕给情郎系了
抖出的黄金，先欲给情郎买些吃食
看见书信，更笃定一生可与情郎厮守
恰恰忽略了刀子，千万别把刀子逼急
阎婆惜，姓名无解，或许只是
施公为短命娇女创设的一条歇后语

张文远

职业：押司，公务人员
宋江在郓城县衙的办公室同事
刀笔小吏，生得俊俏
会讨女人欢心，人称小张三
现在的说法，叫小白脸
一次机缘，被宋江领上门
眉来遇见眼去，之后常常
明知宋江不在，偏要敲门来寻

婆惜死后，热心为阎婆写状子
又三番五次撺掇知县缉捕真凶
但皆限于口舌，如果愿意
再费些气力，亲随公人
去宋太公庄上掘地三尺
兴许就能替小情人报得杀身之仇
虽然手握铁证，却未挺身而为
书中也未理会他的后续命运纠葛

至明朝，许自昌创作昆曲《水浒记》
演绎出一种结局：婆惜鬼魂难舍旧情

夜里寻到张三郎，要带他到阴间续美

他却说："冤有头，债有主，

你该寻宋江，怎么来寻我哩！"

婆惜回答："奴家今夜不为讨命而来"

忆念曾经海誓山盟，执着地活捉了去

恶有恶报，观众释然，掌声雷动

唐牛儿

在郓城街头卖小吃为主业
常受宋江小银资助，兼做
宋江的眼线，多领几个赏钱
按说日子过得不算艰辛，但好赌
愿赌服输，回家蒙头睡觉才是
偏又馋酒，深夜里寻到西巷来
正巧帮宋江圆谎，阎婆岂能容忍
半道里杀出个劫胡人，劈脖一叉
从楼上叉到楼下，还敢嘴硬
连掴两掌，直接从房内打出了帘外
（掌力绝非一般武功）

夜深沉，所受屈辱无他人知晓
跳骂几句狠话，也算息事宁人
早起叫卖依然是生活头等大事
恰又遇见阎婆扭扯宋江
宿仇未报，分外眼红
此时他的眼里其实没有宋江
叉开五指山，还上满天星
（掌力同样大得惊人）

阎婆昏而撒手，宋江幸得逃脱

自己却被替死问责，脊杖，刺配

施先生云：披麻救火，惹焰烧身

景阳冈酒家

一次未执行店规，成就了
打虎的武松，不敢再奢想第二次
一个武松就够了，其余的一概
以酒鬼论处，下酒的牛肉敞开吃
有助于牛市发展，但酒一定要限住
否则就摘去"三碗不过冈"招旗
当然，你可以将小碗换作中碗
中碗换成大碗，大碗再换成海碗
招旗上没有酒碗的口径，即使画了
还有机会申辩"图与实物可能不符"
凡是量化指标，都须严防死守
清清白白的数字，十五碗绝不能
约等于三碗，别忘了你的酒
名叫透瓶香，又唤出门倒
虽然那时不查酒驾，但在山中
有猛虎设卡，不谋钱财，只想
邂逅一顿大餐，你这里店规决堤
就等于把他送入虎口，酒多了任性
他非要越冈，你找根铁索也捆绑不住
官府追责尚好应对，不过罚些银两

如果亲属哭闹，一定要满脸堆笑相迎
以倾家荡产伺候，最怕在你入睡之时
他又来寻酒，嘴里含混着老虎的口音

武大郎

他知道，兄弟的荣耀，不过是
一张贴在自己朴素窗格上的花纸
资助些家用尚可，不能总倚仗兄弟
况且兄弟正直，难做以权谋私之事
他认定，炊饼是自己毕生的事业
就像认定丑人自有丑福，凡挑衅
"好一块羊肉倒落在狗口里"者
皆因羡慕牛粪而心生嫉妒和仇恨
他也知道，抱得美人归不是娶进家门
就万事大吉，需要小心谨慎伺候
比以往更加起早贪黑地叫卖炊饼
并修养忍气吞声的性格，珍惜
错落在自己屋内的每一寸阳光
他听从兄弟劝说，筑牢篱笆防犬钻
被犬踢了，无人服侍，还苦口相劝
"我的兄弟武二，你须得知他性格"
依然要息事宁人，觉得不为难别人
就是不为难自己的生活，"他归来时，
我都不提"绝对吐自肺腑，而善良

等来的却是砒霜，他只好哭泣着
从灵床下钻出："兄弟，我死得好苦！"
再也管不了兄弟把复仇写得天翻地覆

潘金莲

说了武大郎，不能不说潘金莲
这是一对苦命的鸳鸯水上漂
是两棵命运不济的树在悬崖边的缠绕
心无旁骛自青翠，招蜂引蝶必崩石
青春期的美貌在骚动中成为魔咒
失手滑落的叉竿就是撬动生活的杠杆
当你从河岸走向泥沼，沉陷也是快感
令人窒息的快感，颠覆了日月晨昏
一个浪头高耸，又一个浪头高耸
视而不见的救命稻草，其实是你身边
丑树剥落的羽毛，一浪高过一浪
不再是起初浪漫的浪，而是放浪的浪
谁捏了你的金莲，谁就领你扑向刀尖

西门庆

西门庆的时候，南门也许

正埋伏着杀机，没有人

能遏制矛盾的存在，可以使钱

可以动用官府，但没有一张包治

百疾的狗皮膏药，按下葫芦

起来瓢，矛盾也不总是显性的

既然你能够日日将枪擦得闪亮

就要允许别人夜夜把刀磨得霍霍

切勿以三脚猫的功夫一览众山小

也勿觉得家有药铺，就能长生不老

擦枪会走火，你一边擦枪

还要一边倾听磨刀的声音

听得出磨刀的功力

听得见泼溅在磨刀石上的水

到底舀自黄泉，还是温泉

王　婆

王婆不卖瓜，开茶坊
茶坊也是幌子，挂羊头卖狗肉
耍一副好嘴皮，腆一肚花肠子
藏掖六项全能，深谙五位一体

王婆是经营大师，擅长熬鹰
先掐准猫的荤腥，再优哉游哉下饵
王婆也是交通员，常布挨光计
提供风月主场，兼职站岗放哨

王婆最终是个财迷，一门心思
只挣自己的棺材本钱，挣够了
人该走了，还没有明白资本论
为什么要分些红利给郓哥的道理

郓 哥

起初发生在王婆楼下的冲突

本来可以用金钱消弭，郓哥

奔钱而来，奔大客户而来

只想让王婆挤出一些利润的汁水

未获蝇头小利，反遭王婆大辱

所谓义愤填膺，不过是内心冲动

骤然烧起的一团鬼火，寻见武大

却又耐住性子，先赚些酒肉

才交代计谋，得了线人赏钱

再取几张炊饼，典型的路怒症

兼有小人行径，为了还王婆一口恶气

不惜出卖常给自己施恩惠之人

原想只是捉奸，不料替阎王爷打工

扮演了一根绳索套走四条生命的帮凶

何九叔

想做好县里殡葬业的团头
仅凭一门好手艺是远远不够的
须得提防半路杀出个西门庆
请你吃酒又酬赐银两的蹊跷
须能在逼近事件真相时
果断对自己用狠，骗过所有人眼睛
还须家有贤妻，做得美食，出得良策
在你无主张时，给你一个主张
且由强龙去斗恶虎
既让死者安息，也不昧了职场良知

蒋门神

门神是用来贴的，蒋门神
是用来打的，打人者
也被人打，演武场上没有
永恒的胜者，"泰岳争交不曾有对"
再英武的过往都只是过往，都是
酒至醉时毕剥作响的陈芝麻烂谷子
不可居小胜而懈怠，别以为
打下一片快活林，就真能
一辈子痛享人间的快活，躺在
一把交椅上，大树底下好乘凉

习武讲究不断精进，抢码头容易
守码头难，要盯得紧觊觎者的眼神
听得见复仇者的心跳，万不该被酒色
淘虚了拳脚，让快活夺失了警惕
寻事者从你身边走过，已经仔细
打量了你一番，你仍未察觉硝烟的味道
难怪武功变得稀松，武松仅使出一招
玉环步鸳鸯脚，你便扑倒在地
满口讨饶，成全了武松之醉：
既打得赢老虎，又掀得翻门神

张都监

高太尉陷害林冲：
手执利刃闯入白虎节堂
莫非是要行刺本官
张都监没有白虎节堂
但有一座后花园
他想让武松温水煮青蛙
背上家贼恶名，毁了好汉形象

高太尉对林冲一剑封喉
图的是治愈干儿子的相思
张都监并不急着出招
只在武松不经意时来一记
黑虎掏心，然后谋他性命
名为结义之托，实则受了贿赂
欲帮蒋门神争抢一棵摇钱树

高太尉高，以为一手遮天
孰料天如明镜，护着林冲
张都监奸，趁得中秋美景
邀夫人陪酒，还应承将养女嫁了

顺藤摸瓜理应是武松酒后乱性
结果张都监剑走偏锋，摸不着头脑
把武松装进了贼心贼肝的圈套

林冲怒了，只将三颗头颅
摆上山神庙的供桌
武松也怒了，飞云浦直取四命
仍不解恨，又拿鸳鸯楼
都监，都溅十五条性命大开杀戒
该死的不该死的，都用八个血字抵了

玉 兰

与武松第一次正式会面
在中秋月圆夜，助兴了一曲
水调歌头，便被张都监
许配给武松，择良时做个妻室
那一刻，如同莲萼的脸上
是否涌起一朵红云
如果没有，她就参与了阴谋

第二次会面，简直趁热打铁
尚未进入美梦，仅慌张说了句
"一个贼人奔入后花园里去了"
将武松引向不归路，许多人当了帮凶
否则，武松没有大开杀戒的理由
那一刻的慌张，是否出于爱恋
如果不是，就是她甘愿做一个坏人

没想到还有第三面，只叫了
一声"苦也！"便被朴刀直搠心窝
苦从何来？无论苦因还是苦果
武松已笃定，良辰美景原本陷阱

对以花为名的未婚妻也不能手软
既然她是圈套上的丝绸，未被
圈套窒息，就该为这个圈套殉葬

刘 高

不能偏听朋友先入为主的论词
人情事故，难免心存芥蒂
宋江此时更像一名考察干部的钦差
虽然受了花荣大拜，吃着花荣的筵席
却不偏袒花荣，教其应隐恶而扬善
期冀清风寨里文武益彰寨如其名

刘高不这样想，位高权重不等同
胸怀高远，老婆的话就是铁律
军汉们速速捉了那贼头，莫管清风明月
不问青红皂白，由不得他不屈打成招
顺手牵羊把平素异己的花荣也擒下
让他再敢抱怨俺穷酸饿醋乱行法度

宋江当悔，元宵花灯夜
花荣带兵值守，不敢丝毫懈怠
刘高却领着婆娘在灯影里纵情寻欢
职役在身，小处见真章
不是文知寨和武知寨的区分
也不是从一把手到二把手的距离

刘高妻

断然不能让丈夫知道，掳上山时
曾经被王英搂住腰求欢的情节
所以在军汉面前撒了第一个谎
又在丈夫面前撒了第二个谎
谎是窗户纸，最怕沾唾液的手指

但她压根没想到，与山上贼人
还会有第二次见面的机缘
只有永世不见，才能天下太平
坚决不能承认贼人是恩人
否则等于承认自己在山上被欺辱

等于决堤军汉面前夸下的海口
拆解丈夫面前编织的豪言
她甚至怀疑宋江已经把她的糗事
讲给了花荣，别无选择，她能想到
唯一的圆谎方式就是杀人灭口

就像她只能选择刘高，不能选择王英
不能因为报恩，而将自己从知寨夫人

沦落为压寨夫人，勿怨小女子心肠狠毒
鸭子自己跑到砧板上，必须一剁了之
既可帮丈夫立功，还能让秘密永沉大海

秦明前妻

只在书中露过一次颜面，而且是
被青州知府指使军士用红缨枪
挑起首级，在城墙上，作为惩戒
展示给秦明用来悲愤的，她不知道
自己为什么赴死，觉得自己冤屈
但看见城外的丈夫，她终于明白
自己是为丈夫而死，阖眼之前
心中再没有困惑，只垂落下深情

她俯视一夜而成废墟的瓦砾场
恐惧自己的死，连累了太多无辜
今后将与那么多冤鬼在地下为敌
孤零零一介女子怎么招架得住
她远远望见清风山，望见山中
袅袅的阴谋，望见两日之后
丈夫迎娶新妻，整座山寨大吃了
三五日筵席，好不热闹，好不酸楚

黄文炳

赋闲在家，需要多行善事
如若耐得寂寞，潜心诗词书画
或许可以青史留名，但他只认现世
将理想信念孤注于一段羊肠小道
倘若贿送礼物果真跑得官来
只要不殃害无辜，也不遭人唾弃
偏偏还想捡拾一柄开山的巨斧
斧就悬在浔阳楼上，毫不费力
他就把这柄酒后砍人的木斧
打磨成了绽射缕缕寒光的金斧

赋闲在家，的确有些屈才
如若委以重任，比起众多昏庸
他会是一名称职的命官，如若念他
揭举反诗，识破装疯，细察书信
因受报复而遭剐割，谥个名号
亦可让他含笑九泉，不愧对诸多陪葬
但又谥不得，若非他，江州
不会血流成河，宋江不会立马
上了梁山，无论站在哪片沙滩
他都算不上是一颗金灿灿的好沙粒

宋太公

念儿心切，诈亡，诈重病
此伎俩沿至当下仍然屡试不爽
偶尔也被捕人者用
只要做得真切，基本十捕九稳
曾经挥泪送子，嘱托前程万里
前程是万里，逃亡也是万里
权且混为一谈，只想图个心安
他欲落草，万万不可，急急如律令
虽然无意行大义灭亲之壮举
却着实给执律者带来好一番窃喜

拦得住今天，拦不了明天
悔不该当初心头一热
随口就许了他个前程万里
前程是万里，疆场也是万里
若只说家中无贼，会不会家和事兴？
但话出若泼水，儿大不由父
天生儿材必有用，且许他占山为王
许他啸聚忠义，许他替天行道，道可道
非常道，江湖纷扰怎比田园安宁
且等官司息了，吾自回村，复为良民

李 鬼

与其欺骗李逵说家有九十岁的老母
不如纳首就拜，高呼三声师傅在上
剪径，靠的不是脸搽黑墨追求模样相似
不是头顶高帽，专挑吓破胆的名人开道
要真能耍得好手中的板斧，呼呼生风
眼花缭乱，让过往客商心悦诚服
乖乖捧献买路的银两，要放行民脂民膏
锄禾日当午，土里淘金多有不易
要敢于向大财团亮剑，才显英雄气魄
没有这点本事，趁早别做打家劫舍的孬活

难得李逵大发一次慈悲，千万不要
把幸运当成是晦气，把死里逃生当成
大难不死，要珍惜门缝里挤出的
生的机会，你不是九命猫，要改过自新
弃恶扬善，也要劝诫山下开黑店的老婆
改过自新，弃恶扬善，没有金刚钻
别揽瓷器活，千万不要把蒙汗药当作
葵花宝典，没有出生在黄泥冈
她也不是孙二娘，富贵不走旁门左道
心安方得长命百岁，莫伸手，伸手必被捉

潘巧云

你开始后悔，不该登上裴如海的贼船
登也就登了，如果只是在甲板上追追风
不深入船舱就好了，船舱真的很陶醉
如果不拂乱心旌，能从美中自拔就好了

你开始抱怨，杨雄将石秀领入家门
吃喝热闹尚可，已经杵着一名狱警
兼充刽子手，再驻扎进一只警犬
难不成要把府上武装成铁箍的警署？

如果真是警署也就好了，爹是警督
迎儿是门神，你就不会引狼入室
金风玉露一相逢，又岂在朝朝暮暮
依旧独坐小楼：纤云弄巧，飞星传恨

裴如海

如海不是法海，虽然都身出裴门
一个在金山寺修行，一个在报恩寺念经
但法海苦修禅道成正果
如海却将一部经书念得歪七扭八
纵有美声，心猿意马
只思谋"你和你的声色犬马"
未曾想念"我和我的各安天涯"

法海的海是大海
千流入海，万法归宗
如海的海是欲海
从绒线铺遁入空门，心就一直没有空过
沉于美色，拜认干爹
正中了唱词："在你转身的那一瞬间，
我知道开弓就没有回头的箭。"

祝家三子

不是你们的错，都是溪水惹的祸
冬寒已经封住溪水，客店正要打烊
店小二没有火眼金睛，看不出
突然撞入的三个饿汉将是独龙冈的恶煞
偷鸡是鸡毛蒜皮，小不忍，乱大谋
燃烧的草房又助长了风势，不捉住贼人
岂能咽得下这口恶气，常人皆会如此思维

上天其实给了祝家庄一次灭火的机会
一间草房，不过是财产的万万分之一
重要的不是钱财，是邀功的心理在作祟
以年轻气盛之箭矢，射伤扑天雕的翅膀
就射落了自己生命的春天，你们浑然不觉
朝奉也不出面阻拦，睦邻多好，何必死磕
好武艺是把双刃剑，既可杀人，也被人杀

栾廷玉

宋江四面围庄，栾廷玉率先请命
引一队人马出后门，杀正西北
三通战鼓，一声响炮，四路齐出
唯西北无战事陈述，仅凭宋江一句
"只可惜杀了栾廷玉那个好汉！"
是死，是活，存为一桩水边的疑事
吾掩卷而得一梦，深夜入庄听二人争吵
廷玉怒斥无耻小人，怎可恶了自幼同师学艺
孙立坦言已为梁山所用，此来全为赚庄
事至此，无回头，你且绑了我送给祝朝奉
我错在先，我去赴死，让你留同门无义的骂名
但闹将起来，恐怕咱俩都得死，我那些兄弟
个个好身手，现在全听守门外，佯作无事
你须细想明白，你若为玉，我即为石
军师已经谋定良策，祝家铁壁将碾齑粉
愿你同上梁山挑旗称将，如果不愿
也不伤你性命，就此别过，明日出战
请征西北，那是一条阳关道，你只管远去
莫顾念临阵脱逃丢失英雄颜面，权当战死
宋头领自会在人前念你：可惜了这一条好汉

钟离老汉

捉细作喽。捉细作喽。不是风声鹤唳
人不犯我，我不犯人，面对来犯强敌
祝家庄早已布下条条盘陀路、朵朵铁蒺藜
全民奋勇举刀枪，提高警惕，保卫家园
凡行路蹊跷者，捉；刺探庄道者，捉
杨林先被扒去伪装，正在街上游行示众
不知者，不为过，老汉明明听过战前动员
知晓这里早晚要有大厮杀，知晓何为细作
偏偏对石秀动了善念，不仅详述军备
细讲路线，而且将其在家中私藏一夜
怎么看也像是梁山预先安插里应外合的卧底
"村里姓祝的最多，唯我复姓钟离"
不能成为卧底的理由，祝姓虽为大姓
却从未依仗大户人家欺负过异姓的老者
心里无有隐忍的仇恨，也不贪图一担柴火
真不是卧底，老虎凳辣椒水刑讯逼供也不是
仅仅因为个人善念，就坏了全庄御敌大计
不要再说自己走过的路多，吃过的盐多
两军刚对峙，你就输给了老眼昏花的风霜

纵有破庄之后，宋江因你一人为善
放弃了屠庄计划，救得一境村坊
似乎功过相抵，此功与此过真能相抵？

毛太公

天上掉下只大老虎
你是吃斋了，念佛了
还是在后花园种植奇花异草了
凭什么老虎不掉别人家
只掉到你家来，我能想到唯一的理由
就是：投奔。花自飘零，叶落归根
虎总能嗅见距离自己最近虎的气息
可惜此虎非彼虎，虽存虎心
却已脱去虎衣，成为人类的卧底

虎的热情投奔无异于自投罗网
因此你一口咬定是自己缴获的战利
解氏兄弟说你赖了他们的大虫
也算无理取闹，来硬的，打出家门
来软的，你是财主，你是村官
可以跟两个年轻村民语重心长地谈谈
达成共同在老虎伤口上署名的协议
为何要斩草除根？明摆着自己心虚
剽窃属下成果，竟然比老虎吃人还狠毒

白秀英

如果活在当下，你断然不能
再假以县长的虎皮招摇过市
你在勾栏里卖唱，和在酒吧里摇滚
在地铁口拉小提琴，在烧烤摊前弹冬不拉
没有太大差异，都需要用金刚钻揽瓷器活
甚至满怀对艺术的崇敬，只为表演
不图点赞，更不能强掏观众腰包
有钱的捧钱场，没钱的捧人场
这是江湖传承千年的规矩，不可辱骂
不可动粗，即使发生肢体猛烈冲撞
也宜视其为酒鬼疯癫，不与争锋
何苦击鼓鸣冤，搅扰大堂清幽
让县长作难，顺从不是，不顺从也不是
群言起烽烟，本就没跟你撇清白风花雪月
一石激起千层浪，把惹祸的雷横枷了
自己也很快会被雷霆击中，原来叫双规
现在改称留置，你将成为他们的呈堂证供

雷横母

李逵下山背母亲享清福，福没享上
母亲没了，是不是福兮祸所伏？
雷横不愿在山上落草，把母亲拿出来
作挡箭牌，众头领谁也无法再挽留
都是娘胎里生人，许多人早早失去了母爱
对雷横只有羡慕的份，各以金银相赠
不明说，全寄托着赡养母亲深深的愧疚
郓城县里也有清福，拿着衙门里工资
衣食无忧，你只惦念给他娶个漂亮媳妇
再抱个白胖孙子，告慰雷家的列祖列宗
可惜撞上白秀英事件，就像中了梁山魔咒
不得不随雷横星夜投奔，去享山上的清福
清福和清福，行走的却不是同一条路径
你根本无法触及福倚或祸伏的转换开关
当梁山招安，你又淹没在离别的尘土
一切愿望化为乌有，母亲还在，儿子没了

殷天锡

上天只赐给你一个肉头

你却用它行走江湖，那时候

江湖写着赵官家的名号

足球先生高某凭借脚上功夫

凌波微步湖心岛，普天下江湖

呼风唤雨，使高氏直入权贵大姓

你不姓高，但不妨碍你爬高

感谢父母赐给你姐姐，感谢姐姐

乘着花轿，把你领进高家的江湖

虽然不在湖心岛，但不妨碍你

把高唐州驰骋成桃花岛，折一枝桃花

桃花插往哪里，哪里就是你的游乐场

铃盖先朝印章的证书被你视为废纸

其实真是一张废纸，只适合收藏

毫无市场价值，挡不住你趿扈的马蹄

但须懂得悬崖勒马，悬湖也要勒马

你不知江湖深浅，不知道湖里有水怪

不知道叫李逵的水怪不持板斧照样杀人

蔺 仁

敢把柴进沉入枯井，绝对考验
一个人的审慎思维与战略眼光
助人有风险，结果并不总是为乐
你对柴进的人品心怀敬重
假若出现一些差池，谁来保证
占山为王的梁山人不寻你的麻烦
高廉也是一道坎，如果有人告密
你就犯了欺君大罪，将和柴进
同赴刑场，甚至死在柴进的前头
你必须祈祷高唐州破城，延误一天
柴进的生命就从半死往死更迈一步
但破城之时，你将自砸节级饭碗
即使重组州府，作为一个有污点的人
逃了通匪干系，也很难再续前程
一般人会选择上梁山，成罡成煞
让柴进永世奉为恩人，你不喜欢
打打杀杀的江湖，只愿在这本书里
隐姓埋名，偶然被我翻开，让风想起

王 义

给庙里画了那么多神仙
女儿被太守贪了美色
他们都不下凡替你消除孽障
是不是你把女神仙
画得不够妩媚
男神仙画得不够帅气
不活灵活现，只好扶着墙皮
干瞪眼睛，直至你遭刺配
史进才如大虫跳将出来
鲁智深跟着跳将出来
众多好汉都跟着跳将出来
可怜女儿早已投井，你一直
埋怨这些神仙太不仗义
不如好汉，来得风火雷电
直至梁山封神，方悟出
不是你的画工不巧，是报应
讲究时辰，程序太过繁琐
磨砺好性子，才欣赏得好戏

史文恭

将毒药涂抹在箭上
射贼先射王，两军对垒
胜利导向，虽毒，却无可厚非
你把名字一起刻在箭上
是想玩小资，视箭矢为知己
还是向中箭的亡者亮明身份
给自己拉仇恨，射向天空
大雁只会哀鸣，射向脱兔
不过在草丛里穿起一场飓风

如果拉一个人仇恨也就罢了
你拉来的是一座山的仇恨
拉一座小山头，也就罢了
非要拉一座名门的压力山大
城坚坑深，比不上射杀
他们老大的血海仇深
技艺和计谋此时皆可退场
一群马已经归还给对方阵营
唯独纳作自己坐骑的这匹不行
不愿割爱，只好割自己头颅
任由他们摆为供桌上祭祀的首礼

李 固

你的出场太类同被农夫
拾入怀中的蛇，不过
你的苏醒，比蛇走得缓慢
蛇直接夺取了农夫生命
你的理想远比蛇更加广大
起初你只是相中他的娘子
情愿给他驾驶一辈子马车
但幸福来得猝不及防，你甚至
怀疑自己前世积了太多功德
他置办的豪宅巨产，分明
都是在替你打工，翻身农奴
把歌唱，作别梁山，你匆忙
回到大名府明目张胆抱美人
却忘记给梁山烧一炷高香
磕三个响头，祈愿主人
若黄鹤此去永不复返
没料想他竟招摇着回来
你必须冷静策划一次烹鹤行动
可惜了你的牙齿，不是咬得不狠
是卢俊义的生命力远比农夫强劲

贾 氏

嫁入卢门，你早已做好
嫁麒麟随麒麟的打算
让闺蜜们羡慕嫉妒恨去吧
构想幸福生活波澜壮阔
没奈何他终日和枪棒打熬力气
你只能修成一尊静立的花瓶
在几案上散发青釉的光泽

任何器物闲置久了
总会沾染灰尘，可惜
大户人家，鸡毛掸子和抹布
从来都是仆人做的工作
你的渴望一次次涌起
一次次被冷漠平息
任由肌体发出秘隐的脆响

李固就是家里的贼
暗暗抚摸了你的瓷彩
就像养花需要浇水，养瓷
也需要人欣赏，你没有声张

但是相信天下没有不透风的墙
每天怀揣一颗忐忑的心
等待麒麟醒来，怒火中烧

苍茫的大海波诡云谲
突然一道金光恍惚了双眼
麒麟中途蹈海，游轮要换船长
你不关心符咒，只愿随波逐流
继续躲在船舱养尊处优
不懂得海市蜃楼，不知道
前行海面，还会掀起惊涛骇浪

韩伯龙

上次李逵遇见李鬼

大发慈悲，结果被骗了

窝着一肚子火，还没有解恨

今天遇上你，在他看来

咋咋呼呼又窜出一个李鬼

虽然这回冒充的不是自己

扛的却是梁山好汉的大旗

（爷爷在山上啥时候听说过

你这个鸟人的名号，再说了

即便爷爷不认识你这个鸟人

你总该知道爷爷的板斧吧？）

时迁入伙前，在祝家庄偷鸡

也顶过梁山名号，辱没山寨声誉

让晁盖非常生气，尚未入圈

就敢置圈主审批权于不顾

行走江湖，要遵守规矩

准新郎不等于新郎

准梁山好汉也不等于梁山好汉

坚决打击假冒伪劣招摇撞骗

包括狐假虎威，许多人为你鸣冤

有眼不识黑旋风，你的悲剧
其实在于，选择不恰当的时间
遇上了一个很不恰当的人

辑四　工厂简史

工厂简史

那些在时间打击下能够站稳的，
和那些比倏忽的时间飞驰得更快的。
　　　　——埃兹拉·庞德

A

战争的剪影或者伤疤，投射于
水面，殖民的雨开始腐烂肌肤
病入膏肓，刮骨以治，举刀时
你必须用牙齿咬紧疼痛，昏死
然后重生，醒来，存在即合理
革命者革掉了被革命者的头颅
被革命者也盗取革命者的首级
白昼黑夜流转，世界波诡云谲
粉墨登场也罢，苟且偷生也罢
我们都是红旗飘飘光荣下的蛋

B

一粒子弹可以取一个人的性命
这不是在犯罪，是浅显的说教
鸡蛋和石头，我们都选择石头

机枪和布匹，我们先选择机枪
江山啊江山，万丈高楼平地起
须能远驱豺狼，须造金刚之躯
盘龙卧虎的一百五十六块骨骼
以重工业之名深植于大厦根基
初出茅庐的海燕像黑色的闪电
在乌云和大海之间高傲地飞翔

C

异域，深夜花园里四周静悄悄
秋虫也许在呢喃，也许没呢喃
这不过是语言障碍微小的一种
因为拙于交流，莫洛托夫工厂
实习生夏德民以闯过枪林弹雨
的勇气，将自己的呼吸斩断于
房梁上的白绫，此处拒绝悲伤
含糊过逃兵的字眼，场上队员
必须迅速补位，不能带走文字
唯有最大限度升级记忆的存储

D

我们的祖先，用左手发现草药
右手发明火药，矛盾的两方面
总相生相克，譬如毒药和解药
一个用来制伤，一个用来治伤
爆炸从陆地延至水面，孱弱的

海螺摇身变幻阻遏巡航的暗礁
任何武器都有侵略和抵御侵略
的两面性，因而模糊了正义与
非正义，它只是一个物的存在
所有意义都是人的意志的压榨

E

这是一座海军工厂诞生的前奏
避开坚硬，想象成海螺养殖场
让海浪轻漾，更具有诗歌情怀
养殖海螺，应该选择靠近海水
至少是江水的地方，常人如此
想见，创业者也并非三头六臂
他们甚至都想不见海螺的模样
其实不是养海螺，是养金海螺
金刚钻的金，火药喷射出的金
辗转选址也是接近金顶的旅程

F

并州，内陆，天王三京古要塞
金海螺的池塘傍汾河，依西山
开掘于旧工厂废弃的飞机跑道
年值甲午，我的心头掠过悲痛
烈焰烛天的场景从电影中涌来
不可能在场，只是对年份敏感
建立强大海军是一个民族蓄积

太久的情感，冬天已渐行渐远
祖国正激荡着春潮，我们都是
这个春天幸福而且执拗的孩子

G

摸着石头过河，摸查地下文物
摸索钻孔回填虚空夯实的策略
新生事物皆从摸爬滚打中站起
端端地，一组建筑若积木耸立
正正地，一纸情况递呈毛主席
大干快上，工程建设马不停蹄
夜以继日，产品仿制快马加鞭
沉睡的海螺被植入怒放的生命
此刻，酒杯尚不能碰撞出声响
外面的世界承受不起太多喧哗

H

需要喘息，心脏的奔跑太疾速
需要清风明月，需要池塘蛙鸣
然而安静乱了，安静真的乱了
一场接一场的暴风追逐着骤雨
骤雨赶随着暴风，泛滥的洪水
不可抗拒推开厂门，涌进车间
规避的是鲜红乃至鲜血的字符
避不开是人工砌设的泥沼雪山
迷途的航船在行进中积淀伤痕

时代表情枯竭，岁月泣不成声

I

偏有一些人的信念是折不弯的
也许他的前世就是一只金海螺
不能否认人生冥冥注定的缘分
人与人如此，人与事物也如此
迷恋至深就能忘却身外的尘嚣
池塘太小，必须深谙海的性情
台风太大，必须抗拒假象侵扰
巨至海啸席卷，微到珊瑚开花
任何声源都逃不脱听觉的过滤
金海螺脾气暴躁却耐得住寂寞

J

小隐山，大隐市，海螺隐于水
从一触即发到有涵养伺机而动
海螺的金愈加闪耀智慧的光芒
已经不满足自力更生自给自足
已经可以大公无私，援助友邦
包括金海螺也包括海螺养殖场
为适山林穿越，布设湄公河段
不惜大卸八块，依然威风八面
潜伏的巨响撕毁了舰船的钢铁
青春的金海螺第一次大快朵颐

K

那时，雪莱诗句还鲜有人问津
那个冬天来得迅猛却去如抽丝
沉疴，哀鸿，荆棘丛生的花园
白雪一次次覆盖了山冈的悲哀
需要一束闪电分隔黑夜与黎明
需要一声惊雷炸裂头顶的浮冰
需要一只啄木鸟，一辆推土机
需要凤凰涅槃，需要妙手回春
允许迷途，但不能迷失太久远
于无深声，春天又在整装待发

L

那时，我年幼的身躯活在农村
尚不知世界上除了庄稼和果树
还有工厂的概念，不知道钢铁
比石头坚硬，大刀和长矛都是
再简单不过的武器，以为手枪
本来就是木头做的，只要悄悄
顶住一个人后腰，这个人就是
手下败将，就得乖乖举手投降
看不见不远的将来，我将走进
一座工厂，就此度过后续时光

M

面朝大海，春暖花开，这句诗
用作一个新时代开端也很妥帖
春江水暖鸭先知，依靠节气而
耕作的农村，比依靠指令安排
生产的工厂，提早进入了春天
当农村犁开冻土，希望的田野
乍现生机，抛不开国防使命的
工厂却在阳光之下迷离了远方
战争并没有远离，但只在边界
零敲碎打，和平终将繁花似锦

N

落架的凤凰不如鸡，需要比拼
是土里刨食的本领，能够逮住
虫子吃的凤凰方称得上是好鸡
但用高射炮打蚊子不行，成本
居高，十个蚊子凑不齐一盘菜
饿死的都是苍蝇拍，猫捉老鼠
蛇吞象，心太急吃不得热豆腐
漫天撒网虽然也捕获几只鸟雀
却需立志打造一名职业的猎手
才不至于秋仓放粮，冬至即荒

O

鹊巢鸠占肯定算不得远见卓识
鹰击长空，鱼翔浅底，自行车
和大卡车、小汽车们并道齐驱
绝不仅仅是交通秩序混乱问题
那时的人们以为碰瓷就是碰瓷
还没有老太太敢临街表演假摔
严打气氛紧张，企业都按计划
法则出牌，没有假冒伪劣横行
解放思想势如破竹，大厂纠缠
小命题，丢弃的肯定是大出息

P

航船在行驶的实战中寻找鱼汛
把网眼结得大一些，漏掉小鱼
和虾米，甚至漏掉螃蟹和海参
呼啦啦沙滩上挤满了下海的人
不能和撑着小木船的渔民争利
也不能陷于涨潮和退潮的困扰
必须把航标设在远海以及深海
会有苦涩的沙吹痛脸庞的感觉
纵使海市蜃楼只是虚幻的城堡
也比温水煮青蛙死得慷慨壮烈

Q

我在此时登船，岁月光泽惨淡
当年的和平南北路，紧挨紧的
企业都蜕去了能源重化工油彩
一个赛一个披挂上亏损的战袍
那天我听两位师傅对话，厂里
工资发不了，你还每天穷忙啥
啥叫穷忙，因为穷我们才得忙
一位普通不过的工人道出如此
不普通的觉悟，我们没有理由
不相信风雨过后天空会现彩虹

R

找米下锅本是权宜之计，也有
瞎猫撞上死耗子的，沙里淘金
可以算时势造英雄，必须握持
金矿钥匙，才能掌获致胜秘籍
仅有阿里巴巴的咒语并不可靠
还应熟习对接市场竞争的暗语
甚而套取坐山雕土匪窝的黑话
世界如此之大，市场如此之大
磨刀霍霍以向，猎物五花八门
中军帐里拟战略堪比定海神针

S

金海螺在水下已经沉睡了很久
时过境迁，守株待兔毫无创意
必须跃至水面成为灵动的海豚
犹如在海洋腹部埋置一座火箭
发射场，但水下腾升太过沉寂
海豚的问世只换来小众的欣喜
我们还需要耐心等待一场来自
巴尔干半岛的现代战争，等待
导弹以精准的误炸钻入地下室
翻腾起军工炉膛几欲熄灭的煤

T

信念在困境中的坚守尤为可贵
更可贵，必须有民品的奶滋养
军品的羊，甚至要以前仆后继
民品的奶，滋养一头军品的羊
此去的路途刀枪入库折戟沉沙
我们必须回归航道去探寻奶源
让发电机的微光从一只萤火虫
变成启明的星辰，分娩的痛苦
成长的艰辛，都是生命的历程
羊在星光下的草原向黎明致敬

U

战争早已摆脱短兵相接，愈加
与高科技结为姻亲，海豚攻击
仅仅限于近海岸边被动的防御
只是埋设在水中一枚智能炸弹
保卫家园已经不足以成就使命
还需要潜入敌方阵地实施打击
可以借助飞机，可以依附军舰
乃至潜艇，但必须考虑运输的
时效以及风险，最好能让海豚
摇身为鲨鱼自己游向目标海域

V

产品升级犹如磨剑，工厂也将
脱去旧时征衣，换上一副叫作
公司的铠甲，户口本改名换姓
只需通过一场仪式剪彩，改变
一个人的秉性，却须久久为功
不能壮士断腕，不能破釜沉舟
但军品与民品必须分家过日子
不能像过去麻雀虽小五脏俱全
老树发新芽，需要润物细无声
需要强化造血来旺盛生命机能

W

裂变是为了释放出更大的能量
一生二，二生三，三生万物的
哲学同样适用于企业生命延展
物以类聚，人以群分，专业化
运作更符合市场经济竞争要义
精细化分工不断催生新的实体
每一个实体都有一组工业密码
每一组密码都有不同破译模式
但要让密码之间结成钩稽关系
企业才能由一棵树变成一片林

X

地盘还是那块地盘，地盘之外
又有新的地盘，厂房还是那座
厂房，机器已经不是旧时模样
只有一座楼如纪念碑一般耸立
失去的是高度，保存的是敬仰
世界上没有什么是永恒不变的
日月以及星辰，落花以及流水
所有荣耀都将化为尘埃，所有
苦难都可换取银两，所谓传承
唯一的路径是让崇高更加崇高

Y

虽然地处内陆，却在诞生之日
就流淌着大海的血液，海洋中
万千生物都是家族繁衍的草根
情有独钟，航母首舰威严入列
浪花飞溅，蛟龙深潜五洋捉鳖
蔚蓝的大海飞翔着无垠的梦想
无垠的梦想丰富着奇崛的想象
从一粒海螺到一条高智能鲨鱼
从鲨鱼到思想无法企及的变幻
无法替代是对国防不息的热爱

Z

诗歌本是柔软的布匹，从来不
奢望用一首诗笼盖四野，对于
工厂，诗歌只是一种表达方式
也没有以柔克刚的野心，如果
能以诗的温暖包容钢铁的冷艳
权当此节就是一册书的后记吧
航船渐行渐远，大海依然苍茫
每个人的内心都建有一座剧场
装得下历史，是一个人的胸怀
装得下未来，可以称之为韬略

关于《闲聊水浒小人物》的对话

（代后记）

唐晋： 为什么会有这一组诗？

闫海育： 缘于春节。春节对于我来说，是一个相对比较安静祥和的起点。在过去几年的这个起点上，我写出《除夕》之后，陆续写了《大年夜，与一条蛇对峙》《请把时光叫作悟空》等与生肖相关的诗作。今年春节前的一段日子，白天忙完工作，回到家感觉很累，不想看书，就一边用 iPad 看电视剧《水浒传》，一边对照翻读原著，想到工作中每做完一件事就摁一个删除键，和梁山好汉们攻城拔寨差不多，想到春节小长假很快可以暂时休整，并由此想到"招安"这个词，写了又一首与生肖相关的诗《夜读〈水浒〉被鸡年招安》，结尾这样写："暂歇了风霜剑戟，舟车劳顿／雄鸡一唱天下白，我们权且受鸡招安／疗好伤病，养足精神，来年再战"。春节还真好好玩了几天，放松了几天。但脑子里水浒人物形象挥之不去，所以有了这组诗。

唐晋： 近些年你在诗创作方面下了不少功夫，完成了几个大作品，包括写七十多位山西诗人的《晋·诗方阵》，记录汾西重工发展历史的《工厂简史》，以及目前正在不断进行着的《闲聊水浒小人物》，这些都为你赢得不同程度的好评。前几年你的创作并不很多，也极少写组诗，更不用说长诗，难免被人质疑过创造力；事实上那是你散文创作比较辉煌的时期。如今你用这些作品证明了自己，我想了解一下，什么可以成为你诗情爆发的主要因素？

闫海育：以往写诗，更多靠的是兴趣爱好，零打碎敲，状态起伏跌宕。还记得你在为我的第一部诗集《昨夜新娘》写序时说我"几乎是一位格列佛，有时会从词语的壁垒中显示自身的高大，有时又被它们湮没"吗？之后，我意识到这个问题。所谓笨鸟先飞，或者慢鸟勤飞，我觉得自己需要进行有意识的诗歌训练，而且是那种增加难度、带有尝试的训练。现在回头看，《晋·诗方阵》《工厂简史》都可以视为我诗歌训练的一段实践，《闲聊水浒小人物》也是这样。年岁渐长，生活中可以触动诗情的事物越来越少，尤其我在工厂工作，因为环境与身份的局限，常常有一种想写点什么，却又不知该写点什么的困惑。这方面我曾经走过一些弯路。我不想让自己的诗歌写作过早地停顿下来，不想让自己的诗歌写作变得碌碌无为，于是自我加压，给自己布置作业，《晋·诗方阵》是写我的诗人朋友，《工厂简史》是写我的工厂，都是建立在熟悉基础上的思考与刻画。这次写《闲聊水浒小人物》，是想尝试让自己的诗歌写作与重温经典结合起来。小时候读的第一本大部头图书就是《水浒传》，那时不懂得欣赏，就是看着打打杀杀挺好玩。水浒故事能够得以连贯，主要靠小人书的阅读印象。重温经典不是简单的阅读式的重温，而是要在历史与现实的结合部寻找自己的着力点，好比在城乡接合部寻找"金矿"。诗情可能就是由此而爆发的吧，但我依然觉得这只是一种诗歌训练，我的诗歌写作依然存有很多不足，工科毕业，学历较低，文学的底子太薄，亟待通过训练加以提升。

唐晋：《水浒》的力量毋庸多言，林冲夜奔，武松打虎，鲁智深醉打山门，宋江题诗……一幕幕令人思之心荡。人生精彩如斯，既是作者的幸事，也是历史的幸事。将这些活剧生发成系列组诗，无疑是你的发现和创造，势必会有不小的收获。但我很好奇，你在选择笔下人物时，为什么会撇开那些挟风夹电的天罡地煞们，偏偏去写那些小人物，那些陪衬人？这个从传播学上看，有点儿费力不讨好啊。

闫海育：实话实说，撇开英雄好汉，而写小人物，主要是怕自己写不好，这些天罡地煞积聚着巨大能量，我担心自己力有不逮，把英雄好汉的形象写砸了。另外还有一种考虑，天罡地煞的形象基本已经固化，我能够发挥想象的空间很有限，而那些小人物恰恰给我提供了所需要的空间，他们形象的不确定性，使我有了更多深入探究的可能。套用市场经营理论，是不是有点"人无我有、人弃我取"的战略理念？其实也不是，写作要选择自己最擅长的表达角度，之所以写小人物，还是觉得自己更关注小人物，每一个小人物都是成就天罡地煞的推波助澜者，当他们的使命完成，便自觉退出江湖，离开得无怨无悔，从某种意义上来说，他们都是铺路石，他们的身上都有一种奉献精神。

唐晋：实际上，在我看来，所谓小人物必然存在一个可供挖掘的"量"的大小，无论自身格局还是情节关节等方面，小人物之"小"势必造成写作的价值之"小"。抛开组诗那种群体的力量，你最早完成的几个，比如《赵员外》《崔道成和丘小乙》和《张三、李四及众泼皮》，更多的是换了一下形式来复述故事，当然你也在探索阶段，我也注意到后来你以事件来集中，将"小人物"变成"次要人物"，其中《张三、李四及众泼皮》好像就去掉了。这说明你也注意到"小"的问题。

闫海育：写这些小人物，我基本遵循了原著的出场顺序。最早一首是写史家庄的李吉与王四，可能是一座冷炉需要慢慢加温吧，正如你所说"更多的是换了一下形式来复述故事"，一开始自己并没有找见表达的角度，包括你提到的《张三、李四及众泼皮》，都是简单的复述，没有独到之处，毫无价值可言，所以后来整理成组时就果断去掉了。《崔道成和丘小乙》最终也去掉了。我最初定义的小人物，是指梁山好汉之外的人物，一边写一边觉得应该是与梁山好汉命运直接相关的人物更好。小人物太多了，不少都是领盒饭的群众演员，有些露个正脸，有些只是侧身或背影，无法穷尽，也无法捕捉写作的灵感。心想，至少也得是个能上演员表的人物吧？你给了一个定义叫"次要人物"，我觉得非常贴切。

唐晋：在你提供的文本中我选了这些，原谅我打乱你精心的编排。从阅读角度考虑，我还是找了人们更为熟悉的人物来展现你诗的技法。《阎婆惜》《潘金莲》还有《玉兰》，三位都是牺牲品，天不容美，命运乖蹇。在小说铺排里，她们都有着性格缺陷，情感失衡，鲜有传统女德体现。你在诗里也抓住命运这一点；那么在分别讲述时，你如何从这种交叉的命运背景中，思考每个人的"偶然"？

闫海育：没关系，原本就没有编排，写得多了，怕零乱，才以事件编组进行整理，一是让小人物之间产生互动，二是尽量避免同组人物之间写作手法上的雷同。阎婆惜、潘金莲、玉兰，以及后续还会写到的刘高的妻子、秦明的妻子潘巧云、卢俊义的妻子贾氏等，她们都是书中的悲剧人物，统统被杀死于男人，或者道义的刀下。我相信人之初性本善，没有人是天生的坏人，命运扭曲的背后总有各种各样的故事，正是这各种各样的差别决定了每个人的"偶然"。每个人都是独特的存在，都是不可复制的，即便双胞胎，来到这个世界的时间也有先后之别，表面看上去的相似，永远只是相似，而不能是等同。写《阎婆惜》时，我以与金翠莲对比的手法推进，因为她俩有类似的出场，但随着场景的推演，却出现了由苦难到幸福再到更幸福和由苦难到幸福直接走向毁灭两种结果迥异的命运。写《潘金莲》是极具挑战性的，因为她的名气太大了，至少大过水泊梁山一百条好汉，而且人们对她的评价众说纷纭，加上民间话本、《金瓶梅》以及电视剧站在各自立场的演绎与铺陈，更是乱象纷呈，我只能采取"门缝看人"的写法，往窄处写，只聚焦她与武大郎的夫妻关系变异，"失手滑落的叉竿就是撬动生活的杠杆"，并挑选出西门庆蹲身捡筷子试探性地去潘金莲绣花鞋上捏了一把这个细节。无法知悉施耐庵给潘金莲取名字时是否考虑了"三寸金莲"的因素，但我在结尾处还是写了"谁捏了你的金莲，谁就领你扑向刀尖"，我觉得叉竿是一次下滑的转折，"金莲"则是下滑的加速。再说说《玉兰》，电视剧加了编剧的想象，原著对玉兰的描绘则比较模糊，在书中与武松三次会面只唱了一只曲、说了一句话、道了一声"苦也"，而且只在将武松引入后花园时使用了一个形容词"慌慌张张"，因何慌张，也没有交代，书中本身存有许多疑问，我就抓住这些疑问往下推进，虽然最终是没有答案的，但我觉得通过疑问，可以让这个人物的形象变得丰满起来。对三个人的讲述，我分别采用了三种不同的写法，都结合了对不同人物命运的思考，思考在前，技法在后，思考好了，技法也就水到渠成了。

唐晋：有一段时期，从你的诗作中不难发现，你迟迟未能建立起自己的风格；那一段也是你向各类诗人辛勤学习的重要过程。从《晋·诗方阵》开始，你初步找到了属于自己的一种表述方式，尽管那种矩阵式的行笔略显拘谨，但也有着明显的时代特征。到了现在，我认为你的诗风基本已经形成，它相对自由，叙述灵动（虽然有时难免泥沙俱下），在场感强。尤其是"在场感"，这是区分你的诗作与他人诗作的一个秘钥。

闫海育：我很羡慕一些优秀抒情诗人的抒情，因为缺乏，所以羡慕。譬如去某地采风，大家一起走过若干个景点，有些诗人一晚上写几首，都很精彩；我却几晚上写不出一首，自己感觉就是抒情的才能不足。抒情不足，只好靠在场来补。最近的诗写，我更强调我在诗中的真实存在。可能和我有段时间痴迷散文写作有关，散文的"在场感"被我不自觉地移植到诗歌写作中来。我觉得诗歌和散文一样，都需要写出自己独特的体验，必须让自己真实地介入进去，特别是这组诗，我更希望自己能够真实地与我的每一个诗写对象平等相处，与他们促膝而谈，设身处地地为他们思虑。好几首诗都把他们从第三人称请到了第二人称，这也是为自己提供语言叙述的便利，真的就像在对话，无须高屋建瓴，无须言必指示，无须公文用语。我们原本凡人，从生活中来，回生活中去，多好！

唐晋：以这一组诗为例，你在创作过程中感到最困难的是什么？

闫海育：思维的局限性是我创作过程中面对的最大困难。古人生活的经验依然悬挂于今夜的星空，我想让他们统统穿越到现在，因为他们中的许多人的确还活在当下，但我的阅历远没有那么广大，我想帮助他们穿越，让他们看见当下的自己，很多时候却显得手足无措。

唐晋：就像话本一样，这一组诗作仍然未能理想地跳开原著的氛围。个中原因，我个人感觉：匆促。就是说，掩卷之后，诗作产生的那种匆促感很强。我认为，这些内容还需要分解，越是经典的场面越是要细细分解，找到真正适合诗作表述、挖掘甚至异变的那一部分。里尔克说，只有你与身边熟悉、亲近的事物离得更远，你的广大才会开始。在此与你共勉，并祝你越写越精彩。

闫海育：这种匆促感在生活中的一种表现就是：急于表达，往往切不中要害。还是浮躁了，还是需要让自己的内心愈加安宁。谢谢你对我写作一贯的关注与指引，我一直空乏诗歌理论的建设，今天的谈话醍醐灌顶，我会继续走好自己的诗歌道路，能走多远就让自己尽量走多远。

（原载《山西文学》2017 年第 10 期）